alta Mar

Aventuras

Bruño

Directora de la Colección
Trini Marull

Edición
Cristina González

Producción
Mar Morales

Diseño gráfico
Tau Diseño, S. A.

El abrazo del Nilo

Montserrat del Amo

Premio Nacional de Literatura Infantil y Juvenil

Ilustración

Marina Seoane

Taller de lectura

Manuel Artigot

Ediciones:

Primera, 1988; segunda, 1988; tercera, 1988; cuarta, 1989; quinta, 1989; sexta, 1990; séptima, 1991; octava, 1991; novena, 1993; décima, 1994; undécima, 1995; duodécima, 1996; decimotercera, 1997; decimocuarta, 1998; decimoquinta, 1999; decimosexta, 2000; decimoséptima, 2001; decimoctava, 2002; decimonovena, 2002.

Vigésima: junio 2003.

ISBN: 84-216-0971-8
D. legal: M. 16.098–2003
Impresión: Gráficas Rógar, S. A.

Printed in Spain

haz tu propio fichero

Montserrat del Amo

- Nació en Madrid, el 15 de junio de 1927.
- Realizó los estudios de Filosofía y Letras en la especialidad de Literatura Hispánica.
- Ha sido profesora de Literatura.
- Ha colaborado en revistas infantiles y dos de sus creaciones fueron adaptadas para TV: *Patio de corredor* y *Zuecos y naranjas*.
- Ha escrito cuentos, novelas, obras de teatro, poemas... Tiene publicados unos cincuenta libros.
- Cuenta con los principales galardones a la creación literaria, doce exactamente. Los más importantes son: Lazarillo, por *Rastro de Dios;* Doncel, por *Zuecos y naranjas;* AETIJ premió su obra *La fiesta;* la CCEI, *Chitina y su gato;* Nuevo Futuro por *La torre;* el Ministerio de Cultura le otorgó, en 1978, el Premio Nacional de Literatura Infantil y Juvenil por *El nudo*.

altamar

para ti...

Me gusta inventar historias —unas veces se me ocurren un día cualquiera, en mi casa o paseando por la calle, y otras viajando por el mundo—, pensarlas mucho tiempo y contarlas después. Pero no se puede andar por la calle parando a la gente y diciéndole:

—Oiga usted, señora. He inventado un cuento muy bonito y se lo voy a contar.

O también:

—¡Para, chico! Siéntate en ese banco. Es que ya sé cómo termina la novela que estaba pensando y te la voy a contar.

Como esto no es posible, tengo que ir a mi casa, sentarme delante del papel en blanco y empezar a escribir.

Pero me gustaría que al leer este libro escucharas mi voz.

Los buenos lectores lo consiguen.

Saben que el libro no es sólo un objeto material.

Sienten que la historia revive en la lectura y que en las letras resuena una voz amiga.

Yo sé que tú eres un buen lector. Abre el libro y escucha mi voz. Empieza ya:

«"Los Carlos" se habían entrenado a fondo...»

Montserrat del Amo y Gili

1

Cinco desconocidos

CARLOS MANUEL

«LOS Carlos» se habían entrenado a fondo para tomar parte en el descenso del Sella, la prueba piragüística más dura de España: 19 kilómetros sorteando rocas, aguantando rabiones, atravesando remolinos y saltando rápidos.

Los gemelos, Carlos Fernando y Carlos José, tripularían la *Secano III,* en la que ya habían conquistado importantes trofeos.

Carlos Manuel, el más joven de los tres hermanos, no podía participar en la carrera, pues ya no quedaba sitio para él en la piragua. Pero, eso sí, había contribuido eficazmente a la preparación, sobre todo en los entrenamientos de los últimos días, en los que Carlos Fernando y Carlos José hicieron varias veces el descenso del Sella para conocer perfectamente el recorrido.

Carlos Manuel acompañaba a los palistas en moto por la orilla, desde Arriondas a Ribadesella, en calzón de baño y con el chaleco salvavidas puesto. Se lanzaba al río y buscaba a nado el mejor paso entre las rocas, que sus hermanos seguían detrás de él en la piragua.

En varios días de durísimo entrenamiento sólo habían sufrido pequeñas rozaduras.

Y tenía que ser hoy, precisamente hoy, dos horas antes del comienzo de la carrera, cuando Carlos Fernando se rompía la muñeca.

Estaba duchándose y, de pronto, sus hermanos oyen un fuerte golpe contra la puerta. Al abrirla, encuentran a Carlos Fernando chorreando agua y en el suelo.

—¿Te has caído? –le pregunta Carlos Manuel.

—¡No! –grita Carlos Fernando, furioso por el dolor y por la estupidez de la pregunta–. Acostumbro a salir a gatas de la ducha. ¿No lo sabías?

Le dolía mucho la muñeca y, aunque le pusieron linimento y se la vendaron, apenas podía mover la mano. En esas condiciones le era imposible participar en la carrera.

«Los Carlos» se miran unos a otros, desolados.

—¿Y qué hacemos ahora? –murmura Carlos Manuel.

Carlos José responde, mostrando casi tanto pesar por el accidente como decepción por sus consecuencias:

—Buscar un médico y olvidarnos de la carrera.

—¡Nada de eso! –salta Carlos Fernando–. Esta vez me ha tocado a mí la china. ¡Mala suerte! Con que yo me quede en tierra, basta. Sigo teniendo una mano sana y dos piernas, y la cabeza sobre los hombros. Buscaré un médico por mi cuenta. A la *Secano III* le bastan dos tripulantes para lanzarse río abajo.

Como de costumbre, Carlos Fernando sabe conservar la serenidad en los momentos difíciles. Y buscar soluciones sobre la marcha.

—Pero no vamos a dejarte hecho polvo y con el brazo roto –dice Carlos Manuel.

—¡Puedo arreglármelas solo! –asegura Carlos Fernando–. En los deportes, participar es lo que importa. La *Secano III* descenderá por el Sella.

—Pero –replica Carlos José– hay que pasar los controles de salida. No admiten cambios en los componentes del equipo a última hora.

—Explicaremos lo ocurrido –le responde Carlos Fernando–. Esto es una emergencia. Expondremos el caso a los organizadores de la prueba, y en último extremo, si no aceptan mi sustitución, retiramos la piragua y en paz. Pero no vamos a darnos por vencidos de antemano.

—¿Y dónde encontraremos un sustituto a estas horas? –dice Carlos José, desalentado.

—¿Dónde? En este cuarto –replica Carlos Fernando–. ¡Aún quedan dos «Carlos» sanos y salvos en plena forma! Si te colocas tú delante y diriges la maniobra, Carlos Manuel puede ocupar el segundo puesto en la piragua.

—¿Éste? –dice Carlos José, señalando al hermano más joven, sorprendido por la propuesta del accidentado–. ¡Es un crío!

—Acabo de cumplir los diecisiete –gruñe el aludido–. ¿Cuándo te vas a enterar?

—Me parece un disparate. No tiene experiencia –insiste Carlos José, dirigiéndose a su gemelo, como si se negara a discutir el caso con el hermano menor–. Aún no ha participado en ninguna prueba de esta categoría.

—¡Alguna vez tiene que ser la primera! –protesta Carlos Manuel, ilusionado.

Naturalmente que lamenta el percance sufrido por Carlos Fernando, pero no está dispuesto a desaprovechar la oportunidad que se le ofrece de sustituirlo en la carrera.

—El descenso del Sella es muy peligroso. Corremos el riesgo de estrellarnos, resultar gravemente heridos...

—¡Yo he corrido el riesgo de ducharme y ya ves lo que me ha ocurrido! –se lamenta Carlos Fernando.

Carlos José continúa, sin hacer caso de la interrupción:

—... Y, lo que es peor, destrozar la piragua contra las rocas.

—¡Sin dramatizar! –replica Carlos Fernando, que se ha estudiado a fondo la historia de la prueba–. Que sólo ha habido un accidente grave en el medio siglo en que se viene celebrando y fue por corte de digestión de un palista. Carlos Manuel se conoce las características del descenso tan bien como tú o como yo...

—¡O mejor! –asegura Carlos Manuel–. Los pasos más difíciles me los he hecho a nado varias veces. El Sella no tiene secretos para mí.

—Pero ni una sola vez en piragua...

—¡No por falta de ganas! ¡Como vosotros teníais que entrenaros! –protesta Carlos Manuel.

Carlos José recuerda:

—¡Que son 19 kilómetros de rocas, rabiones, remolinos y rápidos!

—¿Y qué más?

—¡Este año, crecida!

—De todas formas –añade Carlos Fernando–, yo creo que el «peque» puede dar buen rendimiento como segundo palista, ocupando tú mi puesto. Pero tú decides. ¿Aceptas o no mi propuesta de participar con Carlos Manuel en la carrera?

Insiste Carlos Fernando:

—Yo estoy fuera de combate. Tú eres el patrón: el único responsable. Tuya es la respuesta final. ¿Qué me dices? ¿Sí o no?

Carlos José aún duda unos instantes. Está acostumbrado a escudarse en Carlos Fernando, que lleva siempre la voz cantante. Pero al fin se decide:

—Está bien. Si nos admiten la sustitución y logramos arreglar el papeleo, la *Secano III* estará a las nueve en la línea de salida.

—¡Estupendo! –grita Carlos Manuel.

A partir de ese momento, obligado por las circunstancias y por primera vez en su vida, Carlos José toma el mando. ¡Y de qué forma!

Empieza a disparar órdenes:

—Carlos Manuel, ¡el equipo! ¡Deprisa! Y tú, accidentado, ¿qué haces aquí todavía? ¡A la Casa de Socorro ahora mismo!

—Iba a darte la documentación.

—¿Temes que yo no sea capaz de ocuparme de todo? Pues estás muy equivocado. ¡Largo! ¡Desaparece de mi vista! Te doy cinco segundos... Cinco... Cuatro... Tres...

—¡Ya voy! –grita Carlos Fernando desde la puerta, sujetándose la mano vendada. Antes de salir añade:

—Os espero en Ribadesella, en la línea de llegada. ¡Suerte!

Y desaparece.

Sin perder un instante, Carlos José y Carlos Manuel cogen la documentación y los bártulos y recorren a gran velocidad las calles de Arriondas, temerosos de llegar tarde a la mesa de los organizadores, donde han de pasar el control de salida.

Aún les sobra tiempo. Tienen que aguardar un buen rato a que les toque el turno, y hasta se forma una larga cola detrás de ellos.

Ya en la mesa, Carlos José trata de exponer el caso, pero un controlador atareado e impaciente lo interrumpe:

—¡No me vengas con historias! Limítate a darme los papeles en el orden en que yo te los pida. ¡A ver! Inscripción en la carrera.

—Tengo que decirte algo antes...

—¡Si sabré yo lo que tiene que ir delante o detrás...! –protesta el controlador–. Tú calla y busca los papeles. Dame ahora el número de salida que os ha tocado en el sorteo.

El controlador, impaciente, le va pasando los papeles a su compañero de mesa, que es el que hace las comprobaciones. Como Carlos José tarda en dárselos, le acucia:

—¡El número! ¿No me oyes?

Carlos José se lo tiende:

—Aquí está; el 32. Pero hay algo muy importante que debo explicarte. El caso es que esta mañana temprano...

El controlador le arrebata los papeles de la mano sin atenderle y los repasa.

—Matrícula de la piragua. Bien. Carné de la federación. De acuerdo. Documento Nacional de Identidad de los participantes... ¡Pero si no falta nada! ¿Dónde está la pega?

—Fíjate en los nombres –insiste Carlos José, tratando honradamente de explicar lo que le ha ocurrido a su hermano gemelo y de solicitar el permiso necesario para que su hermano menor pueda sustituirlo en la carrera.

A fuerza de insistir consigue, al fin, que el controlador impaciente se fije en los dos documentos de identidad que tiene delante y que consulte la lista.

—Pues ¡tenías razón! Aquí hay un error. Resulta que está repetido el nombre de uno de los participantes y el del otro no aparece por ninguna parte.

—No es eso exactamente –insiste Carlos José.

—¿Que no? –dice el controlador–. ¡Está clarísimo! –y añade consultando con su compañero de mesa–: Mira esto. Aquí pone García Mora, Carlos. Y debajo, lo mismo. ¿O es que se trata de una piragua de una sola plaza?

Su vecino de mesa de control recuerda a «los Carlos», cuyos nombres de pila ya provocaron dudas y confusiones en el momento de la inscripción, y le devuelve los papeles, explicándole:

—Que no. Que son dos. Que son hermanos. Y que sus padres o sus padrinos tuvieron la humorada de ponerles a todos Carlos de primero. ¡Mira los carnés de identidad y verás como es cierto lo que te digo!

A estas alturas el controlador impaciente está hecho un buen lío. No acaba de entender el asunto. Pero los de la cola protestan y, para salir del paso, da por buena la explicación de su compañero. Tacha en la lista «Fernando» y escribe «Manuel», sin fijarse en las fechas de nacimiento y sin sospechar que se trata de una sustitución.

Que se llamen Carlos dos hermanos de primer nombre es mucho. Tres no hay quien lo entienda.

Este hecho, que les había originado muchos inconvenientes y molestias en su vida, por primera vez les reporta un beneficio.

Carlos José y Carlos Manuel se miran de reojo sonrientes.

—¡Todo está en regla! –dice el controlador, poniendo el último sello.

Así fue cómo dos de «los Carlos» –¿Fernando, José, Manuel?– pudieron ocupar sus puestos en la *Secano III* y alinear su piragua en la salida.

La carrera fue emocionante. El primer palista dirigió la piragua sin titubeos. El «sustituto» se portó como un bravo y la *Secano III* entró de las primeras en la línea de llegada, con un tiempo de 1 hora, 22 minutos y 43 segundos, a escasa diferencia del equipo ganador.

Carlos Fernando, que acababa de llegar en un coche, donde le habían admitido amistosamente, los recibió en la meta aplaudiéndolos como podía con la muñeca escayolada.

—¡Bravo! ¡«Los Carlos», siempre en cabeza! ¡Lo conseguimos! ¡Somos estupendos!

Desde la piragua, bajo el puente, Carlos José y Carlos Manuel levantaron los remos en señal de triunfo.

Si compartían la afición, el entusiasmo y hasta el nombre de pila, ¿cómo no iban a compartir ahora la alegría de culminar una proeza deportiva? ¡Tanto daba qué Carlos –¿Fernando, José, Manuel?– la hubieran realizado!

—¡Es-tu-pen-dos! –respondieron a coro los dos piragüistas.

ANTONIO

Antonio respira, aliviado. Después de tantos meses de estudio, de tantas horas de impaciente espera, su amigo Carlos Manuel acaba de llegar con las notas: los dos sobresaliente.

Felicitaciones, abrazos, enhorabuenas. ¡Luz verde para la Universidad! ¡Vía libre hacia el día de mañana! ¡Paso al futuro!

La madre acaba de servir unas copas de champán de una botella que había puesto a refrescar en la nevera, detrás de las lechugas, para cuando llegara la ocasión.

El padre, entre sorbo y sorbo, enciende un puro sacado de esa caja que le regalaron hace tiempo y que él guarda para las grandes ocasiones.

Maribel está llamando a la abuela para darle la noticia. Luis daría cualquier cosa por estar en el pellejo de su hermano mayor y los pequeños lo miran admirados.

¡Jamás habían hecho ellos nada que valiera una botella de champán! ¡Ni siquiera de limonada!

Antonio se decide. Tiene que aprovechar el momento de euforia familiar. Ahora o nunca. Se levanta. Coloca la papeleta en la vitrina de modo que se vea la nota –«Sobresaliente»– desde fuera, va a su cuarto y regresa enseguida con una abultada carpeta que coloca sobre la mesa del comedor.

—¿Qué traes aquí? ¿Apuntes? –pregunta Luis, a la defensiva–. No intentarás encajármelos en plenas vacaciones...

—Pues no te vendría mal estudiar un poco, que ya veremos lo que pasa contigo el año que viene –murmura mamá.

—Aviso especial para padres y madres. Queda terminantemente prohibido regañar por anticipado –protesta Luis.

La carpeta atrae la atención familiar, porque no son apuntes. Antonio la abre y extiende sobre la mesa su abigarrado contenido: mapas; folletos de viajes; postales de países exóticos; impresos sin rellenar; otros ya cumplimentados; hojas a mano llenas de cifras... Un sobre tamaño cuartilla, con sellos extranjeros y membrete impreso en la solapa, destaca en el conjunto.

Las niñas se abalanzan sobre las postales:

—Mira qué collares tan preciosos lleva esta señora –dice Charito.

—¡Qué vestido tan raro! –comenta Lolita.

—No es un vestido, niña. Es un sarcófago. ¡Un ataúd!, para que te enteres –explica Luis, echando una mirada por encima.

—¡Mentira! –protesta Lola.

—¡Verdad! Ignorante, que eres una ignorante.

—¡Luis!, parece mentira que te diviertas impacientando a los pequeños... ¡Deja en paz a las niñas!

—Pero, mamá, ¿cómo voy a consentir semejante falta de cultura? Es un sarcófago, niña. Dentro hay una momia.

—Pues no me da miedo –asegura Lola, con voz temblorosa.

—¡Porque es de día! Veremos cuando esté oscuro y se levante la tapa del sarcófago y salga la momia y...

—¡Luis! ¿No me has oído?

Lola esconde deprisa la postal en el montón y busca otra más alegre.

—Esta niña va con un cántaro a la fuente.

—Y esta mujer amasa pan.

—¿Y esta lagartija? –pregunta Javier.

—Es un cocodrilo.

—¡Qué feo!

—Pues a mí me gusta.

Los pequeños revuelven el montón de papeles, arrebatándoselos unos a otros y buscando los que tienen «monos».

Carlos Manuel, que no está acostumbrado a los juegos de los niños, se asusta:

—¡Tranquilos, tranquilos! No se vaya a romper algún papel importante. Yo os daré las postales. Podéis verlas sentados ahí, en el suelo, pero con cuidado y una a una.

Los pequeños se resisten. Papá fuma su puro, haciéndose el desentendido, y mamá pregunta, inquieta:

—¿Qué significa todo esto?

Maribel, que oye voces sin saber de qué se trata, pone la mano sobre el micrófono del teléfono y grita desde el pasillo:

—¡Antonio, no contestes hasta que yo termine de hablar con la abuela!

Y enseguida continúa la conversación:

—No, abuela, si estoy aquí. No he colgado. Te estaba escuchando. Sí. Le diré a mamá que te llame después. Y daré la enhorabuena a Antonio de tu parte. Pasará por tu casa hoy mismo. ¡En cuanto sepa lo que le tienes preparado...! ¿Que no se lo diga? ¿Que es una sorpresa? De acuerdo. Te guardaré el secreto. ¡Adiós, abuela!

Ya de vuelta en el comedor, Maribel suelta de carrerilla:

—Mamá, la abuela, como siempre, que la llames. Antonio, enhorabuena de su parte. Y que pases por su casa: te conviene, te lo aseguro. Bueno. Ya lo he dicho todo. Y ahora, ¿qué pasa?

Todavía nada. Pero pasará. En cuanto papá y mamá se enteren del proyecto. A Antonio le cuesta arrancar. Da vueltas al sobre con franqueo extranjero entre las manos, mira a Carlos Manuel pidiéndole ayuda... Pero su amigo permanece impasible. Antonio tendrá que arreglárselas con sus padres como pueda.

Luis piensa intrigado:

«Debe de tratarse de algo muy especial. Si fuera un problema de dinero, Antonio se lo plantearía a papá.

Si deseara conseguir un permiso extraordinario, a mamá. Pero dirigirse a los dos al mismo tiempo... es raro.»

Antonio empieza al fin:

—Veréis, hace unos meses apareció en el tablón del instituto un anuncio muy interesante. Estaba dirigido exclusivamente a jóvenes de diecisiete a veinte años. Bajo el lema «Ríos del mundo» ofrecía la posibilidad de concursar para la realización de unos viajes de estudio por importantes vías fluviales del mundo entero bajo los auspicios de...

—¿Qué dice? –pregunta por lo bajo Lola a su inseparable Chari.

—No sé. Pero suena bien. Habla como un libro.

—... de la EIA. La Ecology International Association, con sede en Ginebra, que, como su nombre indica, se ocupa de estudiar, mantener y restablecer el equilibrio ecológico natural, amenazado por la civilización tecnológica...

—¡Al grano! –protesta Luis.

—Los concursantes debían preparar un detallado proyecto de viaje a lo largo del curso de un río, indicando nombre y lugar, duración del viaje, fecha prevista, etapas, medios de transporte, aspectos geográfico-científicos y socioculturales que serían estudiados durante el recorrido, y enviarlo todo a la sede de la organización en la fecha prevista.

—Un jurado competente seleccionaría los diez mejores proyectos recibidos, siguiendo unos criterios de valoración en los que primarían el interés, la originalidad y la minuciosidad de los trabajos presentados. Antonio y yo comentamos el anuncio y decidimos presentarnos. Elaboramos un plan...

—¡Sin decir ni media palabra! –se lamenta mamá.

—No queríamos hacernos demasiadas ilusiones –se disculpa Antonio.

—Quedar entre los diez seleccionados en un concurso internacional de esta categoría nos parecía casi imposible –añade Carlos Manuel.

—¿Y qué? –pregunta Luis, impaciente.

—Que hace unos quince días recibimos la respuesta afirmativa –dice Antonio–. Nuestro proyecto ha sido seleccionado entre más de dos mil recibidos del mundo entero.

—¡Viva! –gritan los pequeños, mientras Luis le da un golpecito en la espalda y Maribel le dedica unas enhorabuenas más entusiastas de las que antes le dedicó por el sobresaliente.

Papá dirige una mirada a su mujer, que ésta traduce claramente por un «¡vale mucho este hijo mío!», pero encuentra también ahora motivos para lamentarse.

—Y tú sin soltar prenda, según tu costumbre –insiste–. Con los labios cosidos. Como si te costase trabajo despegarlos para hablar con tus padres.

Las quejas de siempre, que se oyen como quien oye llover, pues ni siquiera mamá se las toma demasiado en serio.

—No quise decir nada hasta no saber la nota final. Si me suspendían, ¡adiós proyecto! Carlos Manuel se encontraba en la misma situación, pero como los dos teníamos esperanzas de aprobar, aprovechamos estos últimos días para revisar a fondo el proyecto.

—Entonces, todas esas entradas y salidas con libros y papeles, todas esas horas –dice mamá, incluyendo en el reproche a Carlos Manuel– de encierro en el cuarto con el cerrojo echado para que no os molestaran los pequeños, ¿no eran de estudio?

—¡Mamá! –protesta Maribel–. ¿Con un sobresaliente en la vitrina y se lo vas a reprochar ahora? ¡También están prohibidas las regañinas retrospectivas!

—Es que –se disculpa Carlos Manuel– los profesores nos recomendaron que no nos agotásemos en los últimos repasos, que eso de llegar cansados y nerviosos al examen final da muy mal resultado.

—¡Bien que habéis seguido ese consejo! ¡Otros, en cambio, os entran por un oído y os salen por el otro!

—¡Mamá! –exclaman todos los hijos a coro.

Hasta el padre se une a la protesta general:

—Deja al chico que termine de una vez. Ahora...

—... no queda más que escribir de nuevo a la Ecology International Association confirmando la fecha de salida. Nosotros pensamos iniciar el viaje a primeros de septiembre, cuando ya hayan pasado los calores más fuertes.

—El regreso está previsto para antes del comienzo de curso en la Universidad. ¿Qué os parece?

Mamá va a intervenir, pero papá se adelanta:

—En principio, bien, pero hay un problema que todavía no se ha mencionado: el problema económico. Has de saber, Antonio, que en esta casa aumentan las necesidades a medida que vosotros vais creciendo y mi sueldo apenas da para cubrir los gastos del mes...

—... y la lavadora no coge bien el agua, y la plancha no funciona, y la tapicería del sofá está hecha una lástima, y la ortodoncia de la niña cuesta lo suyo... –se lamenta mamá.

—Por mí –se apresura a decir Chari– ¡se acabó la cuenta del dentista! Ahora mismo me quito los alambres y que me salgan los dientes como quieran.

—¡Eso, nunca! –grita mamá, dramática–. No quiero que el día de mañana una hija mía...

—... se parezca a un vampiro –termina Luis, poniendo caras raras.

Chari protesta; Lola llora y Luis sigue haciendo visajes.

—¡Basta! –grita papá, apagando el puro.

Y después, más suave, dirigiéndose a Chari:

—No te preocupes, hija, que tus dientes quedarán más bellos que un collar de perlas. Y tú –a su mujer– tendrás una lavadora nueva y te arreglaré la plancha y se tapizará el sofá y Antonio sacará una beca para estudiar en la Universidad y saldremos adelante como sea. Pero tienes que hacerte cargo de la situación, hijo mío. Yo bien quisiera pagarte el viaje, pero nosotros no podemos permitirnos esos lujos.

—El dinero no es problema –dice Carlos Manuel.

—En tu casa, no. Ya lo sé. Pero en ésta siempre hemos tenido que estar mirando la peseta.

—¡Qué aburrimiento! –comenta Lola–. Yo prefiero ver la televisión.

—¡Calla, niña, que no es eso! –se burla Luis–. ¡Que lo tomas todo al pie de la letra...!

—¡Las letras no tienen pies! –protesta Lola, haciéndose la lista.

—¡Y dale! Que no te enteras. Que lo que quiere decir papá es que Carlos Manuel es rico y puede irse de viaje donde quiera. Pero como nosotros somos pobres, Antonio tendrá que quedarse en casita.

—¿Nosotros somos pobres? ¿Desde cuándo? –pregunta Javi temiendo por sus chicles.

—¡Desde siempre! –responde Luis.

—Pues no se nota –comenta Javi mirando a su alrededor.

—Antonio bien que lo va a notar ahora –añade Luis–. Me temo que se quedará sin viaje.

—Perdone. No me he expresado bien –se disculpa Carlos Manuel, temeroso de haber herido sin querer los sentimientos de la familia–. Yo quería decir que en este caso no hay problemas de dinero, porque la Asociación, la EIA, se encarga de financiar los gastos de los diez proyectos seleccionados.

—Pero en un viaje siempre surgen imprevistos y no es cosa de que mi hijo Antonio vaya por ahí pegando la gorra –termina papá.

—¡Pues que lleve boina! –propone Lola bajito.

Al parecer no es ésa la solución, pues todos se ríen.

—Daré clases de repaso en agosto a los suspendidos –dice Antonio–. Sacaré lo suficiente para los gastos menudos.

—Habrá que pensar también en el equipo –dice mamá.

—Ya está resuelto. Carlos Manuel pone parte del material y yo he pedido a los primos la tienda de campaña y los sacos. Me los prestarán, seguro, pues ellos no los necesitan en septiembre. Por esta vez no habrá problemas de dinero. Podéis estar tranquilos.

Papá suspira aliviado:

—Siendo así, por mi parte, no veo ningún inconveniente.

Carlos Manuel lanza un sonoro «¡estupendo!», pero Antonio aún no está tranquilo. Insiste:

—Entonces, ¿escribo a la EIA? Tengo que enviar el permiso paterno, ya sabes. Me queda un año para cumplir la mayoría de edad.

—Tráeme papel y bolígrafo y te lo firmo ahora mismo.

Pero mamá interviene de nuevo.

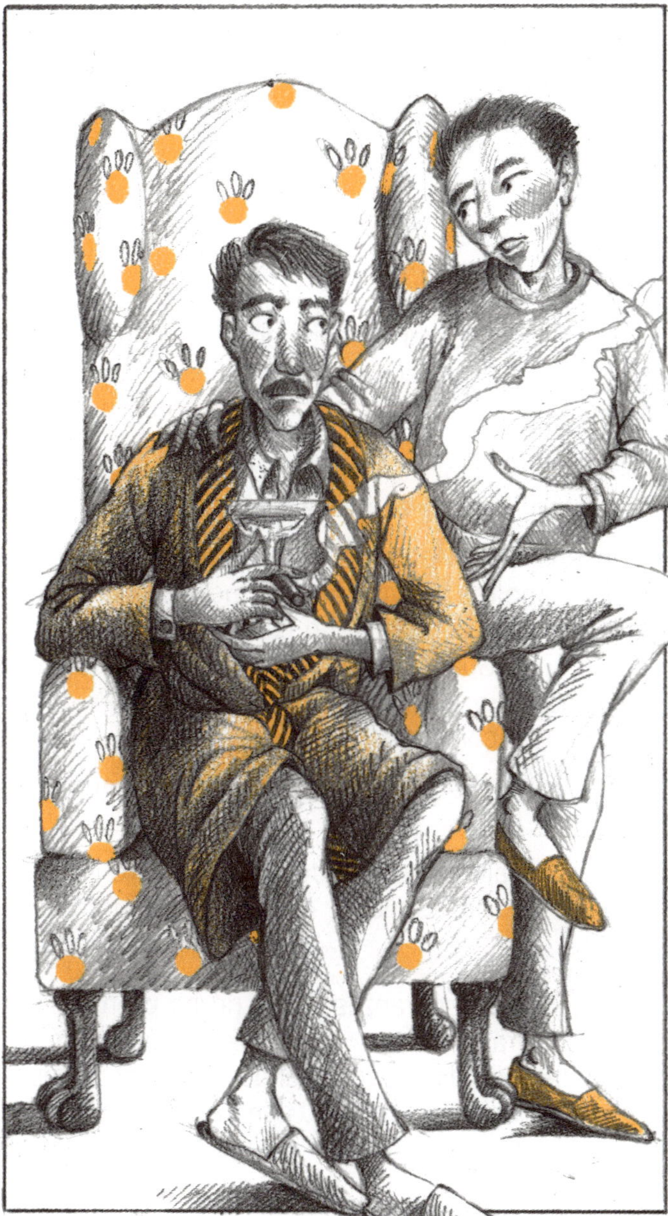

—¡Espera un momento! Ahora me doy cuenta –dice desconfiada–. Me parece que se os ha olvidado decirnos algo muy importante: el nombre del río elegido por vosotros para realizar el dichoso viajecito.

Es imposible seguir ocultándolo. Antonio no tiene más remedio que soltarlo:

—¡El Nilo!

Mamá se queda con la boca abierta; Maribel grita; los pequeños se asustan. Luis se escabulle por si empiezan las tortas y papá pega un bote en la silla.

—¿He oído bien?

—Sí, papá. El Nilo –confirma Antonio.

—¡Insensato! ¡Mentecato! ¡No hay nada de lo dicho! ¿Cómo me iba yo a figurar que se os iba a ocurrir semejante disparate? Yo estaba pensando en el Tajo, o en el Guadalquivir, o en el Ebro, que son ríos tan nuestros y tan bonitos, ¡pero el Nilo! ¿Y cómo pensabais recorrerlo?, ¿a pata por la orilla?

—¡No, papá! En piragua. «Los Carlos» tienen una: la *Secano III.*

—¡Lo que faltaba para el duro! ¡No quiero oír más disparates! Mi respuesta es «no». Y asunto concluido.

Pero aún hay esperanzas. Papá no ha pronunciado todavía la frase fatídica: «Ni por soñación», que representa el no definitivo. Cuando la dice no se puede seguir insistiendo, pues, además de rechazar la idea, prohíbe a su mujer o a sus hijos hasta soñar con ella.

Ha dicho «no», es cierto. Pero todavía queda la duda de si se trata de un no de no, o de un no de sí. Depende de cómo se lleve el asunto.

Maribel echa un capote:

—¿El Nilo? ¡Qué interesante!

Y Luis:

—¡No está tan lejos! Es ese que corre por Egipto, ¿no? Pues si no fallan mis noticias, desemboca en el Mediterráneo, igual que el Ebro, que es un río tan nuestro y tan bonito.

—¡Tú te callas, que nadie te ha dado vela en este entierro! –grita papá, desenfundando la mano.

—¡Quítate de en medio, Luis! –le recomienda su hermana–, que papá está muy nervioso y a lo peor se le dispara la mano.

Mamá trata de calmarlo. Papá disimula y lanza un manotazo al aire como si estuviera espantando una mosca. Ya más tranquilo continúa:

—Vamos a ver. ¿Por dónde íbamos?

—Por el Nilo en piragua –murmura Luis, incapaz de desperdiciar la ocasión de hacerse el gracioso.

Antonio lo fulmina con la mirada. ¡Luis siempre tan inoportuno! La frasecita puede hacer fracasar el viaje definitivamente. Suerte que papá no la ha oído.

—¡Pero no pienses que nos proponemos recorrer todo el curso del Nilo! –explica Antonio, restándole importancia al asunto.

—6 671 kilómetros de longitud situando sus fuentes en el Nilo Blanco y 6 637 contando desde el Nilo

Azul –informa Luis consultando la enciclopedia–. El río más largo del mundo.

—¡Nada de eso! –continúa Antonio sin hacer caso de la interrupción–. Sólo descenderemos desde Asuán hasta El Cairo…

—Una distancia que no llega a los mil kilómetros –añade Carlos Manuel.

—¡Mil kilómetros!, ¿y os parece poco?

—Media hora en avión –tercia Maribel.

—Sí, pero estos insensatos irán en piragua –se lamenta papá.

Ha dicho «irán», en futuro. Luego acepta la idea, aunque siga pareciéndole descabellada.

—Papá, nuestro proyecto es un modelo de sensatez –asegura Antonio–. Iniciamos la navegación en aguas tranquilas, por debajo de la Gran Presa de Naser. ¡Ya sabes! El lago artificial más grande del mundo. Curso arriba quedan las seis cataratas, los hipopótamos, los cocodrilos, los rápidos, los remolinos… Y eso que Carlos Manuel es un experto en aguas blancas. Tomó parte el año pasado en el descenso del Sella, la prueba fluvial más peligrosa de España.

—¿Tú? –se interesa papá.

—Con un hermano, en la *Secano III.*

Mamá salta enseguida:

—¿Y cuántos años tiene ese hermano tuyo?

—Veinticuatro.

—A esa edad ya se tiene experiencia. ¡Pero a la vuestra...! ¡Dos niños solos por el mundo! –mamá suspira, pero papá se sacude el suspiro de un manotazo.

—A los catorce años ya estaba yo ganándome la vida –dice, dando por resuelto el problema de la edad.

Convencido el padre, Antonio se dirige ahora hacia la madre, con nuevos y especiales argumentos.

—Será un viaje fantástico –afirma–. Las cámaras de Eurovisión captarán la salida, una de las etapas intermedias y el final de cada trayecto.

—¿Y podremos verte desde España? –pregunta mamá, ilusionada a pesar suyo.

—¡Naturalmente! La Ecology International Association emitirá varios programas dando a conocer al mundo entero estos viajes en defensa de la ecología fluvial –dice Antonio.

—Desde Luxor, el río es una balsa. Se calcula que el desnivel de su curso hasta El Cairo está por debajo de los diez centímetros por kilómetro... –añade Carlos Manuel, consultando los datos recogidos en el propio proyecto.

Continúan quitándose el uno al otro la palabra:

—El impulso de la corriente curso abajo nos arrastrará suavemente y apenas tendremos necesidad de usar los remos. Un golpe de pala de vez en cuando para dirigir la piragua y nada más.

—Haremos etapas de cinco horas al día, como máximo, para evitar el cansancio y disfrutar del viaje.

—Con un promedio calculado de cinco kilómetros a la hora, y tiempo de sobra en cada etapa por si surge algún imprevisto.

—Que no surgirá.

Papá comenta satisfecho:

—¡No se puede negar que habéis estudiado a fondo el proyecto!

—Hasta el último detalle –asegura Carlos Manuel.

—¿Entonces? –se impacienta Antonio.

—¿Tú qué dices? –pregunta papá, consultando a su mujer.

—¿Qué voy a decir, si ya te tiene convencido?

—¡Por fin! –suspira Antonio.

Los futuros viajeros se dan un abrazo. Maribel y Luis gritan a coro:

—¡Vaya suerte!

Los pequeños alborotan. Y Carlos Manuel lanza un estentóreo:

—¡Estupendo!

EL VIEJO HAKEN

Son las cinco pasadas.

El sol se alza tras las colinas rocosas de la otra orilla del Nilo y empieza a dorar las arenas desérticas del Valle de los Reyes.

La primera luz de la mañana entra por el hueco, sin cristales, de una de las casas de la aldea de Gurna, se cuela por el rectángulo de la puerta e ilumina débilmente la única habitación de la vivienda.

En el rincón de la derecha, el muro ennegrecido por el humo y el agujero del techo que lo remata indican que allí está la cocina. Tres piedras planas forman el hogar. A un lado y a otro se amontonan cacharros de hierro, cucharas, tazas y cuencos de barro. Un cajón de madera hace de despensa y, un poco más allá, se encuentra el cántaro del agua.

Al fondo, tendidos sobre una esterilla de paja, cuatro chiquillos duermen revoltijados.

A la izquierda de la puerta, debajo de la ventana, hay una mesa grande, con el tablero agrietado y una pata coja, sobre la que se amontonan los más diversos materiales: tiestos rotos; latas de conserva vacías; trozos de madera; saquitos de arena de diversos colores; piedras; haces de hierba seca y otras hierbas a remojo; bolas de algodón en rama, sin desmotar; clavos; cuerdas; lanas; retales de telas brillantes; cañas cortadas en varios largos; cristales; semillas...

En el centro, series de objetos en distintas fases de fabricación. Esos trozos de caña atados de mayor a menor serán después flautas rudimentarias. Hay un laúd cuya caja de resonancia es una vieja lata de conservas, redonda y grande, que en su día contuvo sardinas y ha sido cuidadosamente fregada con arena. Más allá, collares de semillas de formas y colores distintos. Y una especie de cestillos muy alargados, hechos con haces de hierba atados y pegados, cuya forma o finalidad definitiva resulta imposible de adivinar.

Al lado, rudimentarias herramientas: un mortero de piedra; varios martillos; un serrucho; escobillas y pinceles de confección casera; una maza grande de madera; unas tenazas; una lima y punzones de varios tamaños...

Junto a la mesa, un taburete, y alrededor, algunos almohadones. El resto del ajuar lo componen ropas viejas y limpias que cuelgan de estaquillas de madera clavadas en los muros; una cantimplora abollada; una estera nueva, cuidadosamente enrollada y puesta en pie contra la pared, y otras gastadas y polvorientas que cubren totalmente el suelo.

El techo es bajo; el tejado, de paja, y dos de las paredes, de barro apelmazado. Las otras dos paredes son de piedra antigua.

Allí había fijado su vida Haken, después de haber andado errante durante cierto tiempo cuando tuvo que salir de Nubia, hacía más de veinte años, con su hija Fatma, la madre de esos cuatro chiquillos dormidos, que era entonces una niña.

Haken nunca había necesitado antes una casa.

Había nacido en el desierto y allí había vivido, libre y feliz, cruzando las áridas tierras de Nubia a lomos de camello, cuidando de los rebaños, plantando la tienda de piel de cabra aquí y allá, al borde de los pozos, y gozando de la dulzura de los dátiles maduros en los palmerales de las orillas del gran río.

Desde que salió de allí se había sentido perdido, sin encontrar un sitio que pudiera considerar totalmente suyo. Esta casa, tampoco.

El desierto es grande, y de nadie y de todos. Pero, fuera de allí, se encontró con que la tierra había sido dividida: cada parte diminuta tiene su dueño y cada dueño rodea su parte con muretes de piedras o de espino para que no puedan entrar en ella los extraños.

Fueron echando a Haken de un sitio a otro, cuando llegó de Nubia en falúa por el río con su hija Fatma, cada vez hacia un lugar más apartado de la orilla hasta que se encontró en la ladera del Gurn, monte situado a la entrada del valle llamado «de los Reyes».

Se sentó a descansar junto a unas ruinas de su fatiga nueva de caminante y, como al cabo de un rato nadie le había dicho: «Vete de aquí, esta tierra es mía», allanó el suelo, volvió a alzar algunas piedras caídas, levantó dos paredes que faltaban sacando barro del cauce semiseco de un arroyo vecino, tendió pajas encima, buscó tres piedras planas para el hogar y trenzó unas esteras.

Todo lo hizo con sus propias manos. Mientras levantaba la casa le dijeron que esos valles –el de los Reyes, el de los Nobles, el de las Reinas, las colinas que los rodeaban y todo lo que contenían: tumbas, templos, estatuas– pertenecían al Estado y que estaba prohibido vivir allí porque en las laderas del Gurn el Estado proyectaba continuar las excavaciones. Cuándo, nadie lo sabía. Como el Estado no apareció por allí a echarlo con perros y palos, como habían hecho los dueños de las tierras verdes de la orilla del río, Haken siguió trabajando hasta terminar la casa.

Pero la casa no era suya. No era su hogar. Tarde o temprano tendría que abandonarla, como le habían obligado a abandonar las fértiles orillas del río y los rebaños y los camellos, el palmeral y el desierto.

Desde entonces vivía temeroso, sintiéndose amenazado por mil insospechados males que podían caer sobre él y sobre sus nietos en cualquier momento.

En el desierto se había sentido siempre libre y seguro, viviendo como habían vivido sus padres y sus abuelos, y los padres de sus abuelos, hasta el fondo del tiempo, hasta donde alcanzaba la memoria de la tribu.

Tan seguro se sentía entonces que había sonreído incrédulo cuando oyó hablar por primera vez, en el mercado de Asuán, de una gran presa que se iba a construir y cuyas aguas anegarían el palmeral de Abu Simbel.

No podía creerlo. Siguió aferrado a su modo de vida y a sus costumbres, a su tienda, su camello y sus cabras, mientras muchos nubios de su misma tribu vendían los rebaños y empezaban a trabajar en la construcción del murallón de la presa.

Vio llegar a unos hombres venidos de muy lejos que cortaron, en grandes bloques, las enormes esculturas del faraón de la portada del templo y las de su bellísima esposa, y los relieves del interior, y los trasladaron colina arriba para volver a reconstruir el templo, a salvo de las aguas, cuando la gran presa estuviese concluida.

No podía creer que los hombres que estaban acarreando, colina arriba, las esculturas de un faraón muerto hacía tanto tiempo que en la memoria de la tribu no quedaba ni rastro de aquel Ramsés II, que decían las había construido, ni de su esposa, la bella Nefertari, que los que tanto trabajo se tomaban para salvar un montón de piedras, fueran a anegar después el palmeral y ahogar las palmeras, tan verdes y tan vivas.

Se terminaron las obras de la presa. Cerraron las compuertas que impedían el paso de la crecida. Empezó a subir el nivel del río y a ensancharse el cauce.

Primero, lentamente. En el palmeral sólo quedaba Haken con su hija, sus rebaños de cabras y sus camellos. Confiaba en poder recoger la próxima cosecha de dátiles. Y la otra, y la otra, seguro de que nada cambiaría.

Pero una noche se agitaron los camellos asustados ante el bramido del agua embravecida. El agua subía con tal rapidez que tuvieron que huir a uña de camello.

Al amanecer, Haken volvió la vista atrás.

Donde había estado el palmeral de Abu Simbel se veía ahora una gran masa de agua cenagosa de la que sobresalían algunos ramos de palma movidos por el viento. Parecían manos agitándose en un gesto final de despedida.

Haken anduvo errante cierto tiempo, pero todo hombre necesita un lugar para vivir. Levantó al pie del Gurn una vivienda provisional. Llevaba años ahorrando, pero aún no había podido comprar un pedazo de tierra de la que nadie pudiera arrancarlo. Ni a él, ni a sus nietos, ni a los nietos de sus nietos por nunca jamás.

* * *

El viejo Haken trabaja duro. Cuida de su única cabra, atiende a sus cuatro nietos desde que su hija Fatma murió y su marido se fue a trabajar a El Cairo y fabrica imitaciones de arte egipcio para vender a los turistas.

Hace ya un buen rato que anda despierto y trajinando.

Como todos los días, después de recoger la estera en la que duerme, enciende fuego y se prepara la primera taza de té con hierbabuena de la jornada.

Mientras la va tomando a pequeños sorbos, avía la cesta de *antikités* recién fabricadas que mostrará a los turistas.

La tarea es importante y requiere su tiempo: tiene que reponer las que vendió ayer, para que nada le falte; añadir nuevos modelos capaces de llamar la atención por su calidad y belleza, y poner encima, artísticamente colocadas sobre una seda verde, las piezas más bonitas.

Hoy elige una piedra plana decorada por él mismo con dibujos de la tumba de Seti I, una barca diminuta y un collar de cuentas de colores.

Sale a ordeñar la cabra y prepara más té. Corta unos trozos de pan y queso, y sólo cuando el desayuno está preparado se dispone a realizar la tarea más difícil de todas: despertar a su nieto Gaad.

—¡Arriba, Gaad! Ya es de día y no tardarán mucho en cruzar el río las primeras falúas. ¡Levántate!

Gaad no da señales de haberle oído. Da media vuelta en la estera, pasa por encima del pequeño Melik, que protesta entre sueños, y sigue durmiendo.

—Gaad, ¿no me has oído?

Nada. El abuelo se inclina, lo zarandea y termina por arrancarlo de entre el revoltijo de brazos y piernas de sus hermanos, alzándolo a pulso y a la fuerza.

—¡Levántate sin hacer ruido! Si Melik amanece llorando, los otros se despertarán. Y una vez despiertos, me seguirán al Valle de los Reyes. ¡Y no quiero que se acostumbren a correr detrás de los turistas pidiendo limosna!

Haken desea una vida mejor para sus nietos. Sabe, por amarga experiencia, que el mundo está cambiando muy deprisa. Ya no basta con aprender de labios de los viejos. ¡Hay que saber cosas nuevas!

Haken quiere que sus nietos vayan a la escuela para que no les pillen los cambios por sorpresa, como a él mismo le había sucedido.

Pone a Gaad de pie, pero cuando lo suelta se le derrumba otra vez en el suelo con los ojos cerrados.

—¡Despierta!

Cierto que es muy temprano, que la escuela está lejos y que el muchacho regresa tarde y cansado.

Será necesario comprar un asno, un asno fuerte que pueda cargar con todos cuando empiecen a acudir a clase los pequeños.

Un animal así vale muchas piastras, pero Haken tendrá que gastárselas el año próximo.

Gaad es alto y fuerte. Puede aguantar el camino diario a pie hasta la escuela.

Decidido a que sus nietos sepan todo lo que él ignora, en un deseo que se le vuelve rabia, da una patada al durmiente Gaad que lo lanza rodando sobre las esteras.

—¡Levántate!

GAAD

Después de la patada y antes de que el abuelo Haken se quite el cinto, al que ya se lleva las manos, Gaad decide darse por despierto. Se levanta. Sorbe su ración de leche ruidosamente, cuidando de que quede bastante para que puedan desayunar más tarde sus hermanos, y remolonea, refunfuñando:

—Ir a la escuela. ¿Para qué? ¿Para que aprenda a ganarme la vida? En el Valle de los Reyes se puede ganar un montón de piastras pidiendo limosna a los turistas. Con Melik en brazos, más todavía.

—Los nubios no piden limosna –responde Haken, orgulloso–. Nos quitaron el desierto y las palmeras, pero no podrán convertirnos en mendigos.

—¡No te enfades, abuelo! Si no te gusta que pidamos limosna, sé otros medios para conseguir *bakchiks:* ayudar a las señoras a bajarse del autobús, espantar las moscas a los turistas, devolverles las bolsas que se dejan olvidadas a cada momento o, ¡mejor todavía!, colocarse delante cuando quieren sacar fotografías.

Lo de las fotos no falla nunca: o te dan *bakchik* para que te quites o te dan *bakchik* para hacerte una foto. Cuanto más sonriente, sucio y harapiento esté el modelo, más les gusta. ¡Doble ventaja! Ni se gasta en ropa ni hay que lavarse.

Pero al abuelo no le interesan esos ahorros. Está convencido de que ir limpio y saber cuanto más mejor es el único medio de escapar de la miseria.

—¿Quieres hacerte viejo corriendo detrás de los turistas? ¡No y no! ¡A la escuela ahora mismo!

—¡Queda muy lejos!

—Por eso no mando todavía a los pequeños.

—Otros chicos tienen un asno. O los llevan sus padres en mulo cuando van al mercado. Pero yo llego muy cansado. Y, a la tarde, ¡vuelta a andar!

Pero no es el camino lo que le hace a Gaad aborrecer la escuela. Cosas peores le ocurren que no se atreve a contar al abuelo.

Como hace poco que va, lo han puesto en una clase con niños de la edad de Melik o poco más. Y aun los más pequeños se ríen de él porque confunde las letras.

De Gurna sólo van cinco o seis chicos. Todos gurnis. Gaad es el único nubio. No hay modo de ocultarlo. Se nota a primera vista. Es más flaco, más alto y tiene la piel más oscura que todos los otros chicos de la aldea, descendientes de beduinos del desierto. No lo admiten en su compañía, de modo que Gaad tiene que hacer solo todo el camino.

Una vez en la escuela, peor todavía.

Comparado con los *fellahs* de la orilla del Nilo o con los chicos de Deir el Medinet, que presumen de egipcios puros, la diferencia es aún más notable.

La verdad es que esos muchachos bajitos, rechonchos, de cabeza redonda y piel clara parecen arrancados de los relieves de los templos o de las pinturas de las tumbas antiguas. Son idénticos a los guerreros victoriosos del faraón.

Pero también en esos relieves y pinturas aparecen largas filas de nubios, con las manos atadas, arrastrándose bajo el látigo de los vencedores, camino de la esclavitud o del castigo.

En Gaad reconocen sus compañeros al descendiente de un pueblo vencido, y lo desprecian.

Entre todos los que asisten a la escuela sólo uno se muestra indiferente a los prejuicios, y es una chica: Nut. ¡Claro que también a ella la miran mal por otros motivos! Por ser mujer, por no usar manto ni velo negro sobre sus ropas brillantes y por seguir asistiendo a clase cuando ya tiene casi edad para casarse: trece años. Desprecian a Nut, aunque sea la mejor estudiante de la escuela.

Nut sí que acepta a Gaad. ¡Pero los demás...! Ser único y distinto le ha costado ya más de un disgusto.

—¡No me gusta ir a la escuela! –protesta.

—Te irás acostumbrando –asegura su abuelo.

Pero no se acostumbra. Al revés. Le parece un lugar de tortura.

Termina el desayuno, coge sus cosas y sale detrás del abuelo. En las últimas casas de la aldea se separan. El abuelo, con la cesta de *antikités* al brazo, se dirige hacia el Valle de los Reyes. Gaad, en cambio, hacia el río.

Va descalzo. Viste un pantalón corto, viejo y demasiado grande, que sujeta a la cintura con una cuerda. No tiene libros ni cuadernos. Debajo del brazo, cuidadosamente doblado, lleva el *galabiech,* esa especie de camisa, larga hasta los tobillos, que visten los varones en Egipto, sean grandes o chicos. Es nuevo, blanco y de rayas, y sólo se lo pone para entrar en clase después de lavarse en la fuente del mercado de Hassan Falh.

Gaad camina con la cabeza baja, en parte por desánimo y en parte para evitar que le deslumbre el sol, que le pilla de frente.

Empieza a sentir su calor sobre el pecho y los hombros desnudos mientras todavía le acarician la espalda las últimas ráfagas frescas provocadas por la noche en el desierto. Cuando se caliente la arena, el aire será fuego.

Oye una voz a sus espaldas:

—¡Gaad!

Se vuelve y reconoce a Nut, que viene en un asnillo y pronto le alcanza:

—¿Quieres montar?

El asno, aunque pequeño, es fuerte. De sobra podría con los dos. Si se lo hubiera ofrecido un chico, Gaad no habría dudado en aceptar. Pero viniendo de una chica la invitación, la rechaza de plano:

—¡No!

—Cabemos los dos.

—Voy bien a pie.

—¡Llegarás tarde!

—No me importa.

A Gaad siempre le parece demasiado pronto para encerrarse entre cuatro paredes.

—¡Monta! –insiste Nut.

—¡No! Llegaría demasiado pronto. Me fastidia estar esperando a la puerta.

Allí es donde Gaad nota más el rechazo de sus compañeros, que evitan rozarse con él, aunque acabe de lavarse en la fuente, de atusarse el pelo con los dedos y de ponerse el *galabiech* nuevo, sin una mota de polvo. De nada le vale presentarse fresco y limpio, como manda el maestro. Y aunque no lo mandara: los nubios aman la limpieza y en el desierto, a falta de agua, se lavan frotándose con arena.

A él nunca le ha tenido que regañar el maestro prohibiéndole la entrada hasta que volviera aseado y limpio, como a muchos de sus compañeros.

Los *fellahs,* ya se sabe. Están acostumbrados a trabajar con el barro hasta las rodillas y no les importa la suciedad.

Pero en la entrada los demás chicos se apartan de él asegurando que apesta a estiércol de camello.

—¡Tengo cosas que hacer y tú puedes ayudarme! –insiste Nut, ahora suplicante–. ¿No quieres echarme una mano?

Gaad la mira sorprendido. ¿Qué ayuda podría él prestarle a Nut, la independiente, la fuerte, la lista, la mejor alumna de la escuela?

Nut se desliza hacia el cuello del animal y el muchacho, movido por la curiosidad, se decide al fin. De un salto monta sobre las ancas del burro, de cara al rabo.

Lo incómodo de la postura, espalda contra espalda, no les impide entablar una conversación.

—¿Tienes hermanos?

—Tres.

—¿No vienen contigo?

—Todavía son pequeños. No aguantarían a diario la caminata. Vivimos en Gurna. ¡Y como no tenemos asno...!

—¡Lástima!, de pequeño se aprende más deprisa.

—¿Cómo lo sabes?

—Llevo varios años en la escuela. Y no pienso dejarla.

Nut habla animadamente, los ojos alegres, abierta la sonrisa. Al poco se les cruza en dirección contraria un autobús de turistas.

Por costumbre, casi sin darse cuenta, Gaad los saluda con la mano y grita:

—¡Jaló! *¡Bakchik!* ¡Siñorito!

El saludo en inglés chapurreado: *hallo;* la petición de dinero en árabe: *bakeich,* y el tratamiento en español: *señorito.*

Esta vez los turistas son japoneses, pero en Egipto todo vale y todo se entiende.

Algo sale volando por una de las ventanillas del autobús en dirección al grupo del asnillo. Gaad lo atrapa en el aire.

Es un bolígrafo. Un boli sencillo. Pero tiene un capuchón dorado y a Gaad le parece maravilloso. Lo destapa, lo prueba en la palma de la mano y juguetea con él muy contento.

Nut se ha quedado seria, callada, tiesa. No habla. No vuelve la cabeza sonriendo. Permanece mirando fijamente hacia delante, como si las largas, grises y peludas orejas del asno fueran lo más interesante del mundo.

Por muy entusiasmado que esté Gaad con su bolígrafo no puede por menos de darse cuenta del cambio de humor de su compañera. Tal vez la haya molestado que el regalo de los turistas no fuera para ella. O le parece una injusticia que tenga un bolígrafo tan bonito quien no sabe escribir, cuando la mejor alumna de clase sólo dispone de un lápiz.

Si Nut se ha puesto de mal humor por el bolígrafo, pronto se le pasará el enfado, pues Gaad está dispuesto a regalárselo.

Quiere mostrarle su agradecimiento por su actitud de siempre y su amable invitación de hoy.

Frota el bolígrafo con la tela de su *galabiech* para que brillen los dorados y se lo ofrece a su compañera tendiéndoselo por encima del hombro:

—Mira, un bolígrafo.

—Ya lo veo –dice Nut, seca–. Casi me lo metes por un ojo.

—Me lo lanzaron los turistas.

—Ya me he dado cuenta.

Aunque Nut sigue enfadada, Gaad insiste en mostrarle el bolígrafo, ponderándolo.

—Tiene el capuchón de oro, de quitar y poner. ¿Te gusta? Toma. Es para ti, te lo regalo.

—No lo quiero –responde Nut rechazándolo de un manotazo y sin apartar los ojos de las orejas de su asno.

Poco ha faltado para que el bolígrafo saliera de nuevo por los aires. Gaad lo agarra bien y lo admira una vez más, extrañado de que pueda haber alguien en el mundo capaz de rechazar tan magnífico regalo. Y esto no es todo. Aún tiene que darle Nut otras muchas sorpresas.

Siguen cabalgando en silencio hasta llegar a los Colosos.

Allí el asno se detiene, mueve las orejas, lanza un sonoro rebuzno, se sale del camino y trota campo a través hacia las estatuas.

¿Tan enfadada va Nut que ni siquiera se da cuenta del desvío?

—¿Eh? ¿Adónde vamos? –pregunta Gaad.

—Ahora lo verás.

Cuando el asno se detiene a la sombra de los Colosos, Nut se deja caer al suelo deslizándose por el cuello de la cabalgadura y se dirige hacia un montículo próximo.

Gaad la sigue, creyendo adivinar el motivo de la parada.

«Sin duda, Nut pasa aquí un rato todas las mañanas pidiendo limosna a los turistas», supone.

Gaad se los conoce a fondo y piensa que ahora no es buen momento.

«Es difícil sacarles unas piastras tan temprano. Lo del bolígrafo ha sido pura suerte. Es mejor esperar a los turistas por la tarde, cuando vuelven cansados y sudorosos.»

Tiene razón Gaad. Entonces son capaces de repartir piastras a puñados, sólo para alejar a los mendigos que se les pegan como moscas, gritando algo parecido a palabras de mil idiomas distintos.

Gaad se sabe la lista completa: *jaló, mesié, dóla, bakchik, chu, siñorito...* Sólo conoce el significado de *bakchik,* que en árabe quiere decir a medias limosna y a medias propina.

La hora no es buena. Habría que asaltar a los turistas al borde del camino, justo cuando se bajan del autobús, y acosarlos mientras contemplan los Colosos y hacen fotografías.

Pero Gaad está muy confundido. Nut no está pensando en *bakchiks.*

Desde lo alto del montículo lo llama:

—¡Ven, Gaad! ¡Mira!

«¿Ahí? ¿Qué puede haber de interesante en medio del arenal? ¿Qué busca Nut? ¿Qué ha encontrado? ¿Piedras de colores? ¿Una piel de cobra? ¿Algunos huevos de patos silvestres? Pero no. Las minas de piedras de color están detrás de las colinas, las cobras serpentean en el desierto y los patos y las garzas anidan entre los papiros y los cañaverales de la orilla del río.»

Gaad, curioso, avanza unos pasos. Y cuando llega junto a Nut no puede contener una exclamación de sorpresa:

—¡Oh! –repite una y otra vez asombrado–. ¡Oh!

Nut le suplica:

—No le cuentes a nadie lo que estás viendo. Es un secreto.

NUT

Nut descubrió la escuela años atrás, yendo al mercado de Hassan Falh.

Una vez a la semana su madre cargaba el asno con pobres y escasas mercancías –hierbas aromáticas, semillas, un puñado de higos, un poco de mantequilla envuelta en hojas de parra o un odre de piel de cabra lleno de yogur– y, cuando aún sobraba sitio, montaba a la niña en la albarda.

A Nut le encantaba el mercado. Se sabía de memoria la lista entera de las hierbas y la repetía en una incesante cantinela. Arrastraba hacia el puesto a los posibles compradores agarrándolos de las manos o dándoles tirones de la ropa mientras les atronaba los oídos:

—Laurel, menta, comino, hierbabuena...

No los soltaba hasta venderles algo.

Deseando ver de Hassan Falh algo más que el mercado, un día se escapó. La población, comparada con Deir el Medinet, la aldea donde había nacido, le pareció inmensa.

Oyó cantar al muecín en el minarete de una mezquita. Se asomó al Nilo desde el embarcadero. Contempló las columnas de la otra orilla, más altas aún que las palmeras. Recorrió después calles y callejas.

De pronto se detuvo, al oír voces alegres que sonaban en el interior de una casa. Se acercó a una ventana y miró hacia dentro.

Aquello era una escuela. En Deir el Medinet no había ninguna, pero Nut lo comprendió al instante viendo bancos y mesas y una pizarra.

Pero ella pensaba que sólo los varones podían ir a la escuela y allí, en el primer banco, se apretujaban unas cuantas niñas de su edad.

A Nut se le escapó un grito de asombro:

—¡Oh!

El maestro, que estaba escribiendo en la pizarra, volvió la cabeza. Al sorprenderla en la ventana, la invitó a entrar.

Nut no lo dudó un momento. Entró en la clase muy decidida y saludó al maestro.

Las niñas se apretujaron más aún en el banco para dejarle sitio, pero Nut se dirigió al segundo banco, donde había mucho espacio libre, pues sólo lo ocupaba un muchacho.

El maestro sonrió, animándola:

—¿Te gusta ese sitio? Muy bien. Quédate ahí. Ése será tu puesto en adelante.

¡Claro que le gustaba! Por eso lo había elegido. Pero el muchacho miró sorprendido al maestro y después, furioso, a su nueva compañera.

—¡Vete! –le dijo en voz baja.

Nut se encogió de hombros. El maestro le preguntó su nombre para anotarlo en la lista:

—Me llamo Nut –dijo con voz fuerte y clara.

—Bienvenida, Nut. Atiende a la pizarra y después hablaremos.

En una escuela pobre, sin lápices ni cuadernos, el maestro tiene que explicarlo todo en la pizarra.

Nut miraba fascinada, dejándose enganchar por esos garabatos hechos con tiza –letras– que parecían mudos, pero que hablaban con los que sabían descifrarlos.

Sólo al final de la clase se enteró el maestro de que Nut había llegado a la escuela al azar y sin que lo supiera su madre.

La acompañó a buscarla, pero en el mercado ya no había nadie. La encontraron en casa del cadí, llorando y lamentándose.

El maestro trató de calmarla, añadiendo que debía enviar a su hija a la escuela todos los días, pues parecía lista y demostraba curiosidad y deseos de aprender.

La madre, lejos de tranquilizarse, replicó que su marido no lo consentiría nunca, que le daría una paliza si llegaba a enterarse de lo ocurrido hoy.

Arrastrando a su hija por el brazo, dijo que, aunque Nut no había cumplido aún los nueve años, era demasiado grande para ir por ahí con la cara descubierta y que la próxima vez que fueran juntas al mercado le pondría el velo en la cara y el manto hasta los pies que deben usar las mujeres. Nut la siguió sin rechistar, pero a la semana siguiente volvió a escaparse, corrió a la escuela, se quitó el manto y el velo, los tiró en un rincón y ocupó su puesto del primer día, junto al muchacho que la miraba furioso mientras las niñas del primer banco la señalaban riéndose y cuchicheando.

El maestro la saludó alegremente:

—¡Hola, Nut!

No tardó mucho su madre en encontrarla. Al echarla en falta, fue derecha a la escuela.

Pero esta vez el maestro no consintió que le arrebataran a su nueva alumna así como así.

Saludó con una profunda zalema a la madre de Nut y le estuvo hablando largo rato, tratando de convencerla de las enormes ventajas que reportaría, no sólo a la niña, sino a toda su familia, el que una chica tan despierta y atenta como su hija acudiera a la escuela con regularidad.

Los tiempos estaban cambiando y una mujer podía llegar a ser médico o maestra o ingeniero igual que un muchacho si tenía capacidad y tesón para estudiar.

La madre le escuchó en silencio y terminó llevándose a su hija por la fuerza, pero las palabras del maestro la dejaron pensativa.

Por la noche se lo contó a su marido.

El padre se enfadó muchísimo. Se acercó a la estera de Nut y la despertó con grandes voces, asegurando que la mataría de una paliza si se atrevía a volver a la escuela.

Nut, asustada y entristecida, estuvo llorando hasta el amanecer.

¡Nunca conocería los misteriosos signos donde se esconden las palabras!

Pero con gran sorpresa por su parte advirtió que su madre la llevaba al mercado de Hassan Falh con más frecuencia que antes. Allí se hacía la distraída, facilitándole la escapada. Cuando terminaba el mercado se dirigía a la escuela, pero ya no entraba. Se sentaba en la calle esperando pacientemente a que la clase terminara.

Más aún. Los días de la semana en los que no había mercado su madre preparaba temprano el asno y lo dejaba toda la mañana atado a la puerta de la casa con la albarda puesta.

Parecía una invitación a la escapada y un buen día Nut se atrevió a aprovecharla.

Cuando nadie la veía se montó de un salto y azuzó al asno golpeándole las ancas con un cardo. El animal dio un bote, tiró varias coces y se lanzó al trote cuesta abajo.

Nut oyó los gritos de su madre: lanzaba grandes alaridos que alarmaron a los vecinos y a su marido, lamentándose de tener una hija tan desobediente y tan rebelde.

Nut volvió la cabeza, asustada. Se dispuso a volver renunciando a sus sueños, más por el llanto de su madre que por el temor a las posibles palizas de su padre.

Su madre se había echado llorando en brazos de su marido y lanzaba unos suspiros que partían el alma, pero lo que intentaba era sujetarlo para que no pudiera perseguirla.

El asno seguía trotando; la distancia se agrandaba por momentos. Cuando su padre logró al fin desasirse de los brazos de su mujer, dio tres o cuatro zancadas cuesta abajo antes de desistir de la persecución.

Quedó atrás, parado en medio de la calleja, profiriendo a gritos tan terribles amenazas que Nut comprendió que nunca las cumpliría.

Eran simples bravatas para que todos en la aldea las oyeran y quedar bien delante de los vecinos.

Tranquila y muy contenta, Nut tiró el cardo, acarició el cuello del asnillo como pidiéndole perdón y sonrió, satisfecha. Con el apoyo de su madre había ganado la partida; en adelante era libre para ir a la escuela.

Bien había aprovechado esa libertad tan difícilmente conseguida.

Con ayuda del maestro había aprendido a leer y a escribir y a conocer la historia de su pueblo.

Allí, en Egipto, quedaban las huellas maravillosas de una cultura que jamás volvería a florecer. Tampoco era de desear que renaciera, pues por esas obras de arte que venían a admirar los turistas habían tenido que pagar, en el pasado, un alto precio de miseria y sufrimiento los esclavos, los vencidos y los *fellahs*, las gentes del pueblo.

El maestro decía que era preciso inventar el futuro. No se podía seguir pidiendo limosna a los extranjeros. Había que reformar el turismo, abrir más escuelas, extender las tierras de cultivo, crear industrias, aprovechar la riqueza piscícola del Nilo...

Cada egipcio tenía la obligación de buscar nuevas fuentes de riqueza.

Nut se lo tomó al principio al pie de la letra. Pasó varios meses arañando la arena reseca de los alrededores de su aldea con un palito por si encontraba agua, hasta que comprendió lo que realmente quería decir el maestro.

Lanzó una mirada a su alrededor, se le ocurrió una idea y la puso en práctica. Tenía relación con los turistas, pero no dependía de sus limosnas.

Desde que Gaad entró en la escuela, Nut estaba deseando mostrarle la «fuente de riqueza» que ella misma había creado y pedirle su ayuda.

Era justo lo que necesitaba: un muchacho serio, fuerte, trabajador, dispuesto a colaborar con ella si la idea le parecía interesante, sin importarle si era varón o hembra el que se la propusiera.

Nut no se había engañado. En ese momento Gaad contemplaba la «fuente de riqueza» y no hacía más que repetir, maravillado:

—¡Oh, oh!

No era para menos. Allí, en una hondonada del terreno, al resguardo del viento del desierto y de las miradas de los caminantes, a la sombra de una de esas gigantescas figuras gemelas del faraón Amenofis III, talladas en piedra hacía cuatro mil años, ante los ojos atónitos de Gaad, aparecía un huerto diminuto donde crecían lechugas y cebollas en apretadas hileras.

Nut se goza con la sorpresa de su compañero, y dice:

—¡No! No lo busques. No hay ningún pozo. Ni un canal bajo tierra. Ni una gota de agua por estos parajes.

«Entonces –se pregunta Gaad–, ¿cómo es posible este huerto, este verdor, esta cosecha en medio del arenal?»

Nut explica:

—Los turistas me traen el líquido necesario para regar el huerto. ¿No te lo crees? Pues es cierto. Los turistas trabajan para mí sin saberlo. Como tontos.

Gaad siempre ha mirado a los turistas con una mezcla de temor y respeto, considerándolos seres superiores.

Se extraña oyendo hablar a Nut de ellos con tanto desparpajo.

Nut continúa:

—¿No te has fijado? Los turistas hacen cosas rarísimas. Se secan el sudor continuamente sin darse cuenta de que, al evaporarse con el aire, refresca. Compran mucha comida, más de la necesaria, y no la aprovechan. Con los refrescos y el agua hacen lo mismo. Siempre queda líquido en el fondo de las botellas que ellos tiran. Se me ocurrió aprovechar ese líquido para regar un huerto. Elegí un sitio donde nunca faltan turistas: al pie de los Colosos. Puse tierra fértil, trayéndola a puñados de la orilla del Nilo. Hice los surcos con las manos y planté semillas.

Nut ha trabajado con la larga paciencia del *fellah,* que durante siglos fue capaz de aprovechar el barro de las crecidas del Nilo Rojo, de abrir canales, de sacar agua del río con norias o con pértigas, ganando, año tras año, unos pocos palmos al desierto.

Gaad, el nubio, el orgulloso descendiente de un pueblo nómada, libre, acostumbrado a los grandes espacios, valora por vez primera, con admiración y con respeto, la humilde tarea del *fellah.*

Nut añade:

—Agua, restos de naranjada o coca-cola, de zumo de dátiles o de uvas... Todo vale para regar lechugas y cebollas. Salen riquísimas. ¿Quieres probar una?

Gaad arranca una cebolla, levanta la primera capa y lanza un mordisco.

Tiene razón Nut: las «cebollas a la coca-cola» tienen un sabor exquisito.

—Ayúdame a recoger la cosecha. Arranca tú las cebollas mientras yo elijo las lechugas. Después las venderemos en el mercado.

El huerto es pequeño y, entre los dos, pronto terminan el trabajo. Cargado con el saco de verduras, el asno ya no soportaría más peso.

Gaad y Nut tienen que continuar el camino a pie. Es una suerte, pues se habla mejor codo con codo que espalda con espalda.

Llegan a Hassan Falh charlando sin parar como dos buenos amigos.

2

Desembarco en Luxor

FINAL DE ETAPA

ANTONIO y Carlos Manuel acampan en la orilla izquierda del río, frente a Luxor, terminando así, felizmente, la primera etapa de su viaje en piragua por el Nilo.

—Hemos recorrido ya 232 kilómetros desde Asuán –dice Carlos Manuel, fijando su actual posición en el mapa.

—En sólo nueve jornadas de navegación, dos menos de las señaladas en el proyecto –comenta Antonio–. ¡Todo un récord!

—Es que somos estupendos. ¡Estupendos! –grita Carlos Manuel.

Querrá, seguramente, que se enteren los patos, los ibis, las cigüeñas, las garzas, los lagartos, las ranas y demás componentes de la fauna de la orilla, pues no hay seres humanos por los alrededores.

—¡Estupendos! –repite por tercera vez, y añade–: No debemos llegar a Luxor antes de la fecha prevista en el proyecto. Hemos de ser puntuales en nuestra cita con las cámaras de televisión, que nos esperarán en el embarcadero para retransmitir nuestra llegada.

—¡Buena se pondría mi madre! –comenta Antonio–. Ese día en mi barrio se para la circulación. ¡Seguro! Mi madre había anunciado ya antes de mi marcha a los vecinos que yo iba a salir en un programa de Mundovisión y no dejará de recordárselo la víspera. ¡Estarán todos pegados al televisor!

De común acuerdo, Antonio y Carlos Manuel deciden respetar la fecha y la hora prevista en el proyecto para su llegada a Luxor.

—Tenemos que cumplir nuestros compromisos con la EIA y aparecer solemnemente por el Nilo en el momento justo para admiración del mundo entero –dice Carlos Manuel. Y añade, como haciendo una concesión–: A mí también me fastidia tanta publicidad y tanta bambolla, pero ¡qué se le va a hacer! ¡Servidumbres de la fama! Nosotros, los triunfadores, tenemos que acostumbrarnos a soportar las molestias de la popularidad.

—¡Calla, fantasma! –le grita Antonio, lanzándole a la cabeza lo que tenía más a mano: la bolsa con el saco de dormir. Suerte que el proyectil es blandito, porque lo alcanza de pleno.

Antonio continúa:

—¡Como si yo no supiera que has encargado a tus hermanos que recojan en un vídeo el programa entero para darte el gustazo de mirarlo y remirarlo mil veces a la vuelta! ¡Igual que las fotos y las cintas que estás grabando desde que bajamos del avión en Asuán!

Carlos Manuel se hace el ofendido:

—¿Crees que me estoy tomando tanto trabajo con la cámara de vídeo y la de fotos sólo para mi propia satisfacción? ¡Pues estás muy confundido! ¡Yo no soy tan vanidoso! Lo que hago es, sencillamente, recoger imágenes para la posteridad, facilitar la labor a mis biógrafos. Nada más.

—¿No te digo que eres un fantasma? –gruñe Antonio.

—Pero, eso sí, a la última moda. Fantasma de saco de acampada, no de sábana. ¡Auh...!

—¡Basta de bromas y volvamos a lo nuestro! –dice Antonio–. De acuerdo en llegar a Luxor en la fecha indicada. Más aún. Opino que debemos quedarnos en esta orilla. Nos conviene mantener en tierra la piragua y botarla al agua justo para cruzar el río. Ya que hemos tenido la suerte de no sufrir ni el menor accidente en toda la etapa, no vamos a correr ahora el riesgo de tener un mal encontronazo por darnos el gustito de pasearnos aguas arriba y aguas abajo por el Nilo.

—¡Habló la voz de la prudencia! –comenta Carlos Manuel.

Pero al darse cuenta de que Antonio ya no tiene a mano nada blandito, y temiendo recibir en la cabeza un plato de aluminio, el cazo o la cafetera, cambia de tono y continúa seriamente:

—No se me había ocurrido esa posibilidad, pero ahora que tú lo dices se me pone carne de gallina. ¡Mira que si tenemos un percance a lo tonto, fuera de ruta...! Por leve que sea nos haría quedar mal frente a los miembros de la EIA, que ya estarán en Luxor dispuestos a controlar la marcha del proyecto. Por cierto, mañana tendríamos que establecer contacto con ellos. ¿Dónde pararán?

—En el Hotel Isis Palace –responde Antonio consultando la documentación.

—Pero, eso sí, por teléfono –añade Carlos Manuel–. Lo que es yo, no cruzo a Luxor ni en transbordador hasta que me enfoquen las cámaras.

—De acuerdo –responde Antonio–. Nos afeitaremos, limpiaremos la piragua por dentro y por fuera..., sacaremos brillo a los cobres...

—Pero ¿qué vamos a hacer todo el tiempo que nos sobra? –se pregunta Carlos Manuel. Tras nueve días de navegación empieza a considerar tiempo perdido el que ha de pasar fuera de la piragua.

Antonio le responde con una sonora carcajada.

—¿De qué te ríes tú ahora? –pregunta Carlos Manuel.

—¡Pero, hombre! Es que... ¡haces unas preguntas! Dime, Carlos Manuel, ¿no te has enterado todavía de que en las orillas de este río –que según tú sólo sirve para mantener a flote la piragua– se desarrolló hace 5 000 años una de las civilizaciones más ricas y más avanzadas del mundo? ¿Que qué vamos a hacer? Pues... ¡turismo!

—¿Turismo? –repite Carlos Manuel, sorprendido.

—¡Claro, hombre! ¿Íbamos a contentarnos con ver sólo el Templo de Abu Simbel, el que visitamos antes de iniciar el viaje, a las orillas de la Gran Presa? ¡Nada de eso! ¿Por qué crees que tenía yo tanto interés en quemar etapas? ¡Para ganar tiempo y dedicarlo al turismo!

Antonio saca ahora de lo más profundo de la piragua, justo del fondo de la V de popa, un paquete cuidadosamente protegido por una bolsa de plástico y se lo lanza a su compañero.

—¡Mira!

Carlos Manuel lo coge al vuelo, sorprendido. Y protesta:

—¿Qué es esto? ¿Material introducido de contrabando, sin permiso del resto de la tripulación?

—No te quejes, que a última hora apareciste tú con la cámara de vídeo y el equipo de fotografía.

—Tanto peso extra puede hacer naufragar la piragua.

—Precisamente, ha servido para equilibrarla –replica Antonio–. Mi paquete, en popa. Tus aparatos, en proa. Equilibrio perfecto.

Con Antonio no hay quien discuta. Responde como si supiera de antemano las preguntas.

—¡Está bien! ¡Tú ganas! –le concede Carlos Manuel–. Pero, dime, ¿qué hay ahí dentro?

—Abre y lo verás.

Dentro hay una cuidada selección de libros sobre Egipto.

Carlos Manuel va leyendo los títulos:

—*La civilización de los faraones...*

—... trata sobre ciencia, religión, magia y realidad en el antiguo Egipto. Contiene mitos y leyendas referentes al Nilo Rojo.

—*Regalo para curiosos sobre ciudades y viajes maravillosos...*

—... de Ibn Battuta, un árabe que en el siglo XIV visitó Alejandría, El Cairo, las pirámides de Gizeh, Menfis y Luxor –se apresura a explicar Antonio.

—*El libro de los muertos...*

—... también llamado «de las puertas». Contiene fórmulas mágicas y oraciones recogidas de tumbas y sarcófagos para ser usadas en el viaje al más allá.

—*Las fuentes del Nilo* –continúa Carlos Manuel mirando la portada.

—Relatos de viajes de Speke, Burton, Krapt y otros exploradores del siglo pasado. Remontaron el curso del Nilo buscando sus fuentes.

—Que son dos –añade ahora Carlos Manuel. Aunque no sabe nada de los faraones, ha estudiado a fondo la geografía de Egipto con vistas al viaje–. La fuente del llamado Nilo Azul, en Etiopía, y la del Nilo Blanco, en Uganda. Pero... ese Nilo Rojo del que tú has hablado antes ¿dónde nace? Es la primera vez que oigo ese nombre. No viene en los mapas.

También esta vez, Antonio sabe la respuesta:

—Se llama así al Nilo de la crecida anual, que arrastra un barro rojizo que tiñe sus aguas de ese color.

Ya lo dijo Herodoto: «Egipto es un regalo del Nilo.» Al final del verano aparece el Nilo Rojo, el río se desborda, cubre de barro las tierras de las orillas y fecunda los campos. En tiempos de los faraones el Nilo Rojo simbolizaba amor, riqueza, eternidad, alegría, vida. Su llegada se celebraba con grandes fiestas y...

—¡Enterado! –le interrumpe Carlos Manuel impaciente–. Veamos los otros libros. Aparece por aquí el *Diario de excavaciones,* de Carter...

—... el descubridor de la tumba de Tutankamon –concreta su compañero.

A Carlos Manuel se le escapan los libros de las manos:

—Yo sabía que viajaba en compañía de un amigo entrañable, de un buen estudiante y de un palista experto, ¡pero no había sospechado siquiera que llevaba detrás de mí, en la piragua, a todo un egiptólogo! –exclama sorprendido.

—¡Sin exagerar! –dice Antonio–. Sólo he procurado documentarme un poco.

—¡Estupendo! Así me ahorras el trabajo de leerme todos estos libros. Venga, ¡suéltalo ya! ¿Qué hay que ver por estos alrededores?

Antonio echa mano de las guías, extiende un mapa y sin olvidarse de consultar los libros empieza a combinar el itinerario para la visita al Valle de los Reyes del día siguiente:

—Mira. Ahora estamos aquí, en la orilla izquierda del Nilo. A unos diez kilómetros del Valle de los Reyes. Alquilaremos bicicletas para hacer el recorrido. Es lo más barato: 200 piastras al día. Por un asno piden 500 y alquilar un camello es más caro todavía: 20 libras egipcias. Saldremos al amanecer, para llegar al Valle de los Reyes antes de que apriete el calor. Seguiremos la carretera asfaltada hasta Deir el Medinet y de paso contemplaremos los famosos Colosos de Memnón.

Como su fama no parecía haber llegado a oídos de Carlos Manuel, Antonio busca la foto en un libro y se la enseña.

—¡Éstos son! Dos enormes estatuas gemelas de Amenofis III. Saludaban, cantando, al sol al amanecer y lo despedían con un lamento al llegar la noche.

—¿Las estatuas cantaban? –pregunta Carlos Manuel, sorprendido.

—Al menos, eso se creía en la Antigüedad. Siento decirte que hoy se da una explicación mucho menos poética a la leyenda. El hecho es que el brusco cambio de la temperatura entre las frías noches del desierto y los ardientes rayos del sol dilata la piedra y se produce una vibración especial parecida al canto de voces humanas. Grandes personajes de la Antigüedad vinieron aquí para escucharlo: Herodoto, Alejandro Magno, el emperador Adriano...

—Añade nuestros nombres a la lista de famosos –comenta Carlos Manuel– y sigue adelante. Pero –dice asaltado por una preocupación repentina–, ahora que caigo, ¿qué hacemos entretanto con la piragua?

—Pues dejarla aquí, en el cañaveral. No nos la podemos llevar al Valle de los Reyes con collar y correa, como si fuera un perrito.

—¿No pasará nada?

—No. Este paraje parece seguro.

Resuelto el problema, Antonio continúa:

—Dejaremos la aldea de Medinet a la izquierda para dirigirnos al monte Gurn. Siguiendo el cauce seco de un arroyo que lo bordea, llegaremos, atajando, al Valle de los Reyes. Allí visitaremos la tumba de Seti I, con más de cien metros de galerías excavadas bajo tierra, y la de Tutankamon, que fue hallada intacta, con todos sus tesoros, y la de Ramsés II, con la bóveda celeste y las constelaciones pintadas en el techo...

A estas alturas, Carlos Manuel está totalmente contagiado por el entusiasmo de su compañero. Siguen largo rato hojeando libros, consultando guías y mirando fotos, en un impaciente adelanto de las maravillas que podrán contemplar al día siguiente con sus propios ojos, hasta que se termina el butano y se les apaga la lámpara.

—¡Buenas noches, Tutankamon! –murmura Carlos Manuel, metiéndose a tientas en el saco de acampada–. ¡Hasta mañana!

SORPRESAS PARA TURISTAS

Entre el madrugón, las bicicletas y el atajo, Antonio y Carlos Manuel entran en el Valle de los Reyes antes que los primeros autobuses de turistas. Echan pie a tierra y contemplan, sobrecogidos, el paisaje.

El sol empieza a dorar las crestas rocosas. Ni rastro de verdor en el valle. Contrastes de luz y sombra en las laderas de las colinas. Aquí y allá se abren bocas oscuras de cavernas naturales o entradas escondidas de tumbas.

Un pájaro grande –un halcón, tal vez– planea con sus grandes alas extendidas en forma de flecha. Vuela, alta, una negra pareja de cuervos.

Un silencio de muerte colma el valle habitado por faraones muertos. Cuando se ponen nuevamente en marcha, el levísimo chirrido de la arena bajo sus pies y el roce de las ruedas de las bicicletas les sobresalta como si se tratase del estallido de una tormenta.

Carlos Manuel pregunta en un susurro:

—¿Dónde están?

—¿Quiénes? –murmura Antonio, saliendo apenas de su ensimismamiento.

—¡Seti, Ramsés, Tutankamon! ¡Tus amigos! ¡Todos esos a los que hemos venido a visitar esta mañana!

—Lejos aún –responde Antonio.

Siguen avanzando en silencio por el sendero polvoriento y serpenteante. Las colinas de piedra y arena se suceden idénticas unas a otras, encadenando estrechos valles.

Carlos Manuel empieza a sentirse perdido.

—Antonio, ¿estás seguro de que nos encontramos en el Valle de los Reyes? Yo no veo por ninguna parte columnas ni ruinas...

Casi molesto por la ignorancia de su compañero, que le impide avanzar por el valle respirando en silencio su misterio, Antonio suspira y explica:

—No encontrarás nada de eso por esta zona. Las riquezas de las tumbas están en el interior: la sala del sarcófago, los tesoros, las pinturas que cubren techos y paredes... Como entrada bastaba un agujero abierto en la ladera, que se disimulaba, después, con rocas, tratando de evitar la rapiña de los ladrones de tumbas. ¿Ves esa grieta del fondo, apenas un poco más ancha que las otras? Puede que sea una de las entradas que buscamos –dice Antonio, señalando una oquedad que aparece frente a ellos en una curva del sendero–. O, simplemente, una gruta natural; tal vez guarida de una camada de zorros del desierto.

Para salir de dudas se detiene y consulta el plano.

Carlos Manuel se lo arrebata impaciente y se distancia un poco, deseoso de estudiarlo a solas. Se concentra, tratando de orientarse, cuando oye un grito de alarma a sus espaldas.

—¡Cuidado!

Carlos Manuel suelta el plano y echa mano a las cámaras que lleva colgadas al cuello, dispuesto a defenderlas con uñas y dientes.

El dinero lo tiene bien guardado en un departamento disimulado en el interior de su cinturón especial para viajeros y exploradores. Tan sólo lleva unas cuantas piastras en el bolsillo de la camisa.

Pero hasta la camisa teme perder ahora, pues, al instante, cae sobre él una nube de egipcios de todas las edades, salidos no se sabe de dónde, que se le echan encima gritando como energúmenos, lo agarran con fuerza y lo empujan violentamente.

—¡Fuera! ¡Dejadme en paz! –grita debatiéndose.

Por más esfuerzos que hace no logra quitarse de encima a la turba de asaltantes. Porque a estas alturas, Carlos Manuel se siente víctima del asalto de una cuadrilla de ladrones más peligrosos y violentos que los antiguos saqueadores de tumbas.

—¡Socorro! –grita francamente alarmado.

Poca ayuda podrá ofrecerle su compañero, pues se encuentra también rodeado de asaltantes, en el centro de un remolino de piernas y brazos que propinan patadas y puñetazos a mansalva.

Carlos Manuel se resiste como puede. En plena pelea le parece advertir algo muy extraño: uno de los asaltantes que le tiene agarrado por un brazo utiliza su mano libre ¡para luchar contra el resto de la cuadrilla!

Es un joven bajito, gordo, desdentado, que consigue al fin alejar a los otros y mantenerlos a distancia con gritos y gestos amenazadores.

No es que la situación le parezca a Carlos Manuel mucho mejor, pues los dedos del gordo se le clavan en el brazo como una tenaza, pero al menos ahora puede respirar a gusto.

Lanza una mirada buscando a su compañero y, aunque no logra verlo, lo supone dentro del segundo grupo de asaltantes en plena pelea.

«En cuanto logre zafarme de la tenaza, iré en su ayuda», piensa Carlos Manuel.

Pero no le va a ser tan fácil. La tenaza resiste a los tirones, pero, eso sí, el gordo lo mira ahora muy sonriente y hasta le dedica una reverencia.

—*Mesié, míster, señorito* –dice saludándole.

Se agacha, recoge el plano pisoteado y roto, lo sacude y se lo devuelve a Carlos Manuel con otra reverencia y redobladas sonrisas. Pero de soltarlo, nada.

Ahora el gordo se introduce la mano por el cuello del *galabiech.*

«Va a sacar un cuchillo», piensa Carlos Manuel aterrado, haciendo un desesperado esfuerzo por escapar.

Pero lo que saca es ¡un puñado de collares de cuentas de colores!, que le muestra repitiendo:

—*Suvenir. Ricordo. Bunito.*

Al fin comprende Carlos Manuel. Y suspira, aliviado. No está siendo víctima de un intento de robo con asalto y violencia. Ni hay fuerzas ocultas que intenten secuestrarlo. No tiene por qué sentir temor alguno.

Sencillamente, está recibiendo el trato habitual y amistoso que los vendedores de recuerdos dedican a los turistas.

Todo eso, acoso, empujones, gritos, manos que agarran con fuerza, luchas por apoderarse del cliente en exclusiva y mil trucos más, todo forma parte de los métodos del comercio en Egipto.

Cuando aparezcan los autobuses, las fuerzas estarán más equilibradas. La nube de vendedores tendrá que distribuirse entre numerosos viajeros y tocarán a menos.

Antonio y Carlos Manuel han llegado antes y todos los vendedores de recuerdos de la zona han caído sobre ellos, tratando de conseguir la primera venta del día.

Carlos Manuel rechaza con un manotazo los collares de colores que el gordo se guarda bajo el *galabiech,* ofreciéndole ahora malas imitaciones de joyas egipcias en hojalata dorada, y después sustituye la oferta de joyas por un amplio surtido de postales.

—*Piramíds, Niló, Faraóns. ¡Tuti guan dólar!* –dice.

El vendedor no es tan gordo como parecía, ni el bulto bajo el *galabiech* es su barriga, sino un inagotable almacén de mercancías.

—No –grita Carlos Manuel, harto–. No quiero nada. ¿Me oyes?

Lejos de desanimarse, el gordo prueba nuevos métodos.

Mira a su alrededor, como receloso, se guarda las postales bajo el *galabiech* y saca algo que mantiene oculto en el puño cerrado.

Murmura al oído de Carlos Manuel:

—*¡Veri antikité! Garanted. Verboten. Interdite.* Estado decir: no vender extranjeros. Yo vender señorito español. *Diechi dólars.*

Vuelve a mirar a su alrededor, simulando temor.

Se comporta como si tuviera a sus espaldas, y a punto de echarle el guante, a todo el cuerpo de policía egipcia, especializada en impedir las excavaciones piratas y la venta y exportación ilegal de antigüedades.

Abre los dedos, echa vaho sobre el objeto que aún mantiene oculto, lo frota contra la tela mugrienta de su *galabiech* y muestra al fin la mercancía.

En la palma de su mano brilla un escarabajo verde.

Carlos Manuel exclama:

—¡Un *scarabeus!*

Gracias a las explicaciones de Antonio, sabe que ése era el símbolo egipcio de la inmortalidad.

Se han encontrado a miles en tumbas y templos, tallados en materiales diversos: granito rosa, ágata, mármol, alabastro, basalto, ébano... El que ahora le ofrece el gordo parece de malaquita.

—*Garanted antikité.* ¡Mucho viejo! *¡Diechi dólars!*

«¡Una verdadera ganga, si fuera auténtico!», piensa Carlos Manuel.

Lo coge, ilusionado. Puede ser de malaquita por el peso. Lo mira detenidamente.

A punto está de sacar diez dólares de su bolsillo secreto del cinturón cuando lo vuelve y descubre una chapita de plomo pegada por detrás. La despega con la uña. Debajo pone *Made in Japan*. Dice indignado:

—Conque auténtico, ¿eh? ¡De malaquita!, ¿eh? ¡Plástico, y gracias! ¡Eso sí, reforzado con plomo para darle peso y engañar a turistas ingenuos!

Carlos Manuel se enfada más aún al darse cuenta de que ha estado a punto de caer en la trampa.

—¡Mentiroso! ¡Falso! ¡Estafador! –grita.

Pero el gordo no se inmuta ante los insultos. Al contrario. Se crece con las dificultades y no ceja en su empeño.

Con su mejor sonrisa insiste:

—Tú entender. Tú sabio. Para ti, *¡veri antikité!* –dice, sacando ahora un diminuto sarcófago ¡también de plástico!

Convencido Carlos Manuel de que no logrará quitárselo de encima de otro modo, le da al gordo un puñado de piastras.

—¡Toma y déjame en paz!

¡Ah, no! Eso no. El gordo es un «honrado» comerciante. No admite limosnas. Cuenta rápidamente las monedas y obliga a su cliente a aceptar un puñado de baratijas.

Carlos Manuel las tira, furioso:

—¡No quiero nada! ¡Vete!

El gordo le lanza una mirada indescifrable –¿iracunda, burlona, satisfecha? –y se marcha.

Carlos Manuel acude ahora en ayuda de Antonio, retenido aún por una pareja de vendedores recalcitrantes.

—¡Verás cómo te libero en un momento! –le dice repartiendo entre esos dos las últimas piastras.

Ya solos, se ríen contándose mutuamente sus experiencias de turistas novatos.

—Al final, el gordo me ha llenado las manos de joyas ¡de hojalata y plástico! ¡De barro y semillas!

—¡A verlas! –dice Antonio, muy interesado.

—Las tiré. ¡Eran una birria!

—¿Por dónde?

—No sé. ¡Por ahí! Cayeron detrás de esas piedras, ¡cualquiera se pone a buscarlas con este sol de justicia!

Ese «cualquiera» increíble es Antonio.

—¡Que a mí no me sobra el dinero para comprar regalos bonitos! –protesta.

Y se arrodilla a revolver entre la arena.

—Este anillo, para Loli. Esta pulsera le encantará a Chari. El *scarabeus* de plástico le valdrá a mi padre de pisapapeles –dice muy contento, a medida que van apareciendo.

Así, hasta estar seguro de haberlo recogido todo.

Carlos Manuel no puede más. Se ahoga de calor.

—¡Vamos corriendo a una tumba! –grita, dirigiéndose a la más próxima.

—¡Espera! ¡Que en ésa no está enterrado ningún faraón! Pertenece –dice Antonio consultando el plano– a Tiyí, oficial de la V Dinastía.

—Lo mismo me da. Entramos en ésta. El sol me está quemando los sesos.

Llama al guardián a palmadas, paga las entradas y se lanza corriendo tumba adentro. No para hasta la sala del sarcófago.

Sin conceder una mirada a las maravillosas pinturas que la adornan, se apoya en una de las pilastras y se deja caer hasta quedar sentado en el suelo.

—¡Qué bien se está aquí! ¡Qué fresquito! ¡Los egipcios no sabían vivir! Se pasaban la vida aguantando el calor y venían aquí después de muertos.

Y añade descalzándose:

—El turismo es algo agotador. ¡Con lo bien que se va en piragua! Tengo las plantas de los pies echando humo.

—Pues te doy diez minutos para soplártelas. Tenemos que visitar las tumbas de los faraones Seti I,

Tutankamon y Ramsés II. Ésta, según la guía, carece de interés.

Aun así, Antonio lanza una mirada a los dibujos de los muros y grita de pronto:

—¡Barcos!

Palabra mágica. Carlos Manuel se levanta de un salto y se acerca a su compañero.

Efectivamente. La sala del sarcófago de Tiyí está llena de barcos: falúas cargadas de bloques de granito para la construcción de las pirámides, barcas de pescadores que arrastran redes llenas de toda clase de peces, navíos de guerra repletos de guerreros armados.

—¡Fíjate! –exclama Carlos Manuel, maravillado–. Esto es un verdadero tebeo: el desembarco, la batalla. El regreso, Nilo arriba, con el botín y los prisioneros encadenados en cubierta. El desfile de los vencedores. ¡La historia completa!

Pero aún hay más. En el muro de enfrente encuentran un tratado gráfico completo de construcción naval.

En sucesivas escenas se ve la tala de árboles, los cortes de la madera, la construcción en el astillero de la quilla, las cuadernas, el tajamar…

A continuación, una escena inesperada: unos *fellahs* segando… ¿trigo?, ¿cebada?

—¡No! No son cereales –dice Carlos Manuel observando atentamente el dibujo–. Son hierbas altas, con un penacho en la punta.

—¡Papiros! –añade Antonio–. Pero no pegan en la tumba de un marino, pues a juzgar por la decoración este Tiyí era almirante por lo menos. Los papiros los usaban los escribas y... ¡Ya comprendo! Están construyendo ¡barcos!

—¿Barcos de papiro?

—Sí. Recogen las plantas, las atan en haces, unen los haces unos con otros dándoles forma apropiada, secan el barco de papiro al sol, ¡y lo botan al agua!

—Voy a fotografiarlo todo escena por escena y después daré una pasada completa con la cámara de vídeo –dice Carlos Manuel preparándose–. Esto es estupendo. ¡Estupendo! –exclama entusiasmado.

Grita tan fuerte que el guardián acude, asustado. Y aún se asusta más al ver descalzo a Carlos Manuel, advirtiéndole por señas de los graves peligros que le acechan. Alacranes, hormigas gigantes, cobras...

Los gestos del guardián son tan expresivos que Carlos Manuel trata de recogerlos con la cámara.

—No gastes película en balde –le regaña Antonio.

—No te preocupes. Tengo de sobra para los barcos –responde Carlos Manuel disparando sin parar el *flash*.

EL SECRETO

Gaad ya no necesita que el abuelo lo levante de la estera a la fuerza para ir a la escuela.

Acude todos los días puntualmente a la «parada de asno», ocupa su «asiento de cola» hasta los Colosos y ayuda en el huerto secreto a Nut, que a su vez le sirve de improvisada maestra repasándole las lecciones en lo que les queda de camino.

Durante el día continúan juntos, apoyándose el uno al otro, pero últimamente Gaad, a la salida, desaparece y no hay medio de encontrarlo ni de sacarle una palabra ni de saber adónde va.

—¿Por qué no quieres venir conmigo en el asno a la vuelta? –le pregunta Nut–. Dime. ¿Por qué?

Ante el silencio de Gaad, Nut empieza a temer que se esté cansando de ella y prefiera la compañía de los chicos, que ya lo aceptan en sus juegos.

¿Se avergüenza, acaso, de que lo vean siempre en su compañía? No, pues sigue sentándose en clase a su lado y constantemente le consulta sus dudas.

¿O es que la utiliza para aprender más deprisa pero la desprecia como amiga? ¡No, no y mil veces no!

Gaad es serio, callado, misterioso –¡un verdadero hombre del desierto!–, pero amable, honrado, leal, bueno. Incapaz de doblez. Nut está segura de esto.

Entonces, ¿adónde va todas las tardes a la salida de la escuela?

Tan preocupada está Nut, que le pilla de sorpresa, una tarde, la voz de Gaad a sus espaldas:

—Deja el asno aquí atado. Tú te vienes conmigo. Quiero enseñarte algo.

No es una propuesta ni una invitación. Es una orden.

Como Nut tarda en reaccionar, Gaad se impacienta:

—¡Vamos!

Y empieza el camino sin volver la cabeza para comprobar si Nut lo sigue. Que lo sigue, ¡naturalmente!

Frente al embarcadero, Gaad se quita el *galabiech* y lo dobla cuidadosamente. Pero hace algo más. Se sienta en el borde de la plataforma y empieza a desatarse las sandalias.

—¡Descálzate! –le ordena a Nut.

Sigue avanzando por la orilla del Nilo y se mete en el cañaveral.

Aunque Gaad va delante, abriendo paso, la marcha es difícil. El suelo está húmedo y resbaladizo y las cañas crecen muy apretadas.

—Pon el pie por donde yo piso –continúa Gaad con su voz de mando. Y después, más suave–: Si sigues mis huellas, no te pasará nada malo. No tengas miedo.

Nut se ofende. ¿Miedo ella? Es capaz de afrontar el peligro con la misma decisión que un muchacho. O más.

Dispuesta a demostrárselo a Gaad, se aparta de sus huellas y trata de adelantarlo dando un rodeo sin que él se dé cuenta. Pero al poco, el suelo cede bajo sus pies, que se quedan pegados al barro y se le empiezan a hundir lentamente.

Contiene un grito y se agarra con fuerza a unas cañas que no resisten ni el primer tirón. Está a punto de perder el equilibrio: sus pies se hunden cada vez más. Logra alcanzar las cañas de la izquierda, bien enraizadas en tierra firme, y tirando de ellas suavemente sale del lodazal. ¡Menudo susto! Pero lo había soportado sin gritar.

Gaad ni siquiera se ha dado cuenta del percance. Se detiene, vuelve la cabeza y, al verla tan distante, le regaña:

—Te pedí que no te separaras de mí. Espera. ¡Quédate donde estás! Iré a buscarte.

—No hace falta –responde Nut.

Quiere convencer a Gaad de que sabe arreglárselas por su cuenta.

Ya ha aprendido a caminar por el cañaveral. Es preciso tantear el suelo antes de apoyar el pie y no levantar el otro sin tener el primero bien asegurado en terreno firme.

—¡Ven deprisa! –se impacienta Gaad–. ¡Por aquí!

Llegan a un espacio abierto, rodeado de espesos cañaverales.

—¡Mira! –dice Gaad.

Allí, a resguardo de las miradas de los que van por tierra al embarcadero, tanto como de los que pasan navegando por el río, hay una barca pequeña, plana, amarilla, nueva, ¡muy bonita!

—Es mía. La he hecho yo mismo –dice Gaad muy satisfecho–. ¡Bueno!, con ayuda del abuelo. Vale para pescar. ¿Qué? ¿Te gusta?

Nut sonríe feliz: ésta es la razón de las desapariciones de los últimos días. Había sido injusta desconfiando de Gaad. Él nunca la miraría con desprecio. No es como los demás. Es único.

—¿Que si me gusta? No lo cambiaría ni por uno de ésos –responde Nut señalando un barco grande, hotel flotante para turistas, que pasa navegando aguas arriba en ese momento–. ¿Me llevas a dar un paseo por el río?

Gaad lo está deseando. Arrastra la barca hasta el Nilo, se mete en el agua hasta la cintura y la sujeta bien para que no se vuelque mientras embarca Nut. Después sube él, se sienta delante, coge un remo e impulsa la barca al centro de la corriente.

Nut no quiere ser menos:

—¡Yo también quiero remar! –dice.

—Toma –responde Gaad tendiéndole el segundo remo–, pero has de manejarlo con cuidado para no volcar.

Apenas lo tiene en sus manos, Nut dice sorprendida:

—¡Qué poquito pesa!

—¡Claro!, es de hierba. Lo mismo que la barca –responde Gaad.

—¿De hierba?

—Sí, de papiro.

Nut va de sorpresa en sorpresa.

—Yo creía que el papiro era un libro antiguo, escrito en jeroglíficos.

La maestra se ha convertido en discípula: es más de lo que Gaad se hubiera atrevido a soñar.

—Eso son papiros –dice muy satisfecho, señalando unas plantas que crecen en la otra orilla.

Son más altas y finas que las cañas vulgares y terminan con hojas en forma de abanico. Nut quiere verlas de cerca.

Cruzan la corriente impulsando la barca con fuertes y acertados golpes de remo y Gaad arranca un tallo. Lo corta en trozos iguales y lo rasga a lo largo con la uña, alisando las paredes verdes de la cañita.

—¿Ves esta cinta verde en la que se ha convertido la planta? Se ponen unas al lado de otras, se coloca cruzada otra capa encima y se dejan secar. Así se consigue una lámina amarilla, que los egipcios del tiempo de los faraones usaban para escribir; por eso a sus libros se les llama «papiros».

—¡Ah! –dice Nut con la boca abierta.

—Hacer una barca de papiro es muy sencillo. Basta atar los tallos en haces y unir los haces con cuerdas más gruesas dándoles la forma deseada. El conjunto se pega con el propio jugo de la planta, que se endurece al secarse. ¡Fíjate! –añade Gaad, señalando el fondo de la barca–. No entra ni una gota.

Cierto. La impermeabilidad del material es perfecta. De no entrar agua por la borda, la barca de papiro no se hundirá jamás.

Nut no sale de su asombro:

—¿Y dónde has aprendido tú tantas cosas?

—En los dibujos de las tumbas. Todo está allí explicado: cómo se planta el trigo, cómo se recoge el algodón, cómo se amasa el pan, cómo se pesca en el río...

Gaad está embalado. Olvida su habitual reserva y se lanza a contarle a Nut todo el proceso, que ha culminado en esa preciosa barca de papiro.

El abuelo las hacía, chiquititas, para vender a los turistas; Gaad le pidió que le fabricase una grande, igual que las que usaban los pescadores del antiguo Egipto.

El abuelo Haken sabía dónde buscar el modelo: en los dibujos que adornan las paredes de las tumbas del Valle de los Reyes.

—Al abuelo Haken lo conocen los guardianes de los monumentos y le dejan pasar sin pagar nada. De allí saca modelos de collares, de jarras y de tazones pintados, de figuritas de ¡mil cosas! que él copia para vender a los turistas. ¡Es el único que no vende *antikités* de plástico! –dice Gaad con legítimo orgullo.

—Tu abuelo ha inventado su propia «industria». Como recomienda el maestro –observa Nut.

—¡Es muy listo! –comenta Gaad convencido.

Y continúa su relato:

—En la tumba de un personaje, que según el guardián había sido almirante de no sé qué faraón, encontró las escenas que le interesaban: aprendió a cortar los papiros, a tenerlos en agua para que se ablandaran, a atarlos en haces y a darles forma. Trenzó la cuerda con juncos y estuvo probando los nudos una y otra vez hasta sacarlos idénticos a los que se veían en los dibujos. Decía que si habían aguantado en el pasado el envite del agua sin soltarse, los de nuestra barca también aguantarían. ¡Míralos, aguantan! No hay peligro de que cada papiro se salga por su lado.

No sólo la barca. El abuelo Haken también ha fabricado redes y rudimentarios aparejos de pesca. Hasta ahora Gaad sólo ha logrado atrapar unos pocos pececillos, pero confía en conseguir pronto, en cuanto alcance mayor habilidad en su manejo, pesca abundante que venderá en el mercado de Hassan Falh.

—Dime –le pregunta Nut–. ¿Qué piensas hacer con lo que ganes de la pesca?

—Y tú –replica Gaad–, ¿para qué quieres lo que ya estás sacando de tu huerta?

—¡Eso no vale! Yo te lo he preguntado antes. Tienes que decirlo tú primero.

Gaad lo tiene bien pensado:

—Se lo daré al abuelo, naturalmente. Pero él quiere guardármelo por si me decido a seguir estudiando a la salida de la escuela.

—Pues a mí me lo guarda el maestro, porque yo ya estoy decidida: seré médico –dice Nut.

Ante Gaad y Nut se abre el futuro, largo y misterioso. Como el Nilo.

LOS COCODRILOS DEL FARAÓN

En un claro a la orilla del Nilo, Nut y Gaad tropiezan con un campamento de turistas: una tienda de campaña, una cocinilla de gas, cacharros, botas, ropa tendida a secar entre las cañas y nada más.

—No hay nadie –cuchichea Nut al oído de su compañero.

—Eso parece –responde Gaad.

—Se habrán ido a visitar el Valle de los Reyes. No hay peligro de que vuelvan antes del anochecer. ¡Vamos a verlo!

Gaad, más prudente, teme que puedan estar andando por ahí sus ocupantes y a escondidas rodea el campamento antes de decidirse a entrar en la explanada.

Mientras Nut curiosea en el interior de la tienda, Gaad sigue observando el suelo, pensativo. Llama a su compañera y le dice:

—¡Mira estas huellas!

Los turistas han dejado bien marcadas las de sus botazas en la tierra húmeda.

Nut se agacha:

—Esto es la puntera y esto el talón. ¡Lo que yo te dije! Han ido al Valle de los Reyes, pues las huellas van en esa dirección.

—Las han dejado al salir del campamento. Ya lo sé. Pero ¡son las únicas! Entonces, ¿cómo han llegado hasta aquí? ¿Volando?

—O por el río.

—¿A nado? Con los mochilones que llevan los turistas, ¡imposible! Los transbordadores de Luxor llegan sólo al embarcadero y los barcos grandes ni siquiera pueden arrimarse a esta orilla, pues encallarían en el barro. Faltan las huellas de llegada.

—Tendrán una barca ligera como la nuestra –supone Nut, internándose en el cañaveral.

—¿Como la nuestra? Seguro que no. ¡Sólo hay una barca de papiro en el mundo! –asegura Gaad orgulloso.

Nut sigue buscando:

—¡Ven! Ya la he encontrado. ¡Aquí está!

Efectivamente. Tumbada boca abajo sobre la arena y oculta bajo un montón de cañas arrancadas al efecto, se ve una embarcación que los dos amigos contemplan sorprendidos.

Nut va juntando las letras que la barca tiene pintadas en la borda sin entender su significado.

—*Se-ca-no-i-i-i* –dice silabeando–. ¿Qué querrá decir?

—No sé. Pero ¡no es como la nuestra! Es de tela y muy fea.

—Y muy larga. ¿Por qué no la echamos al agua?

—Porque no es nuestra.

—Y eso ¿qué? La cogemos prestada, nos damos un paseíto por el Nilo y la volvemos a dejar escondida como la encontramos. Hay tiempo de sobra. ¡Fíjate en el sol! Está muy alto todavía. Los turistas tardarán un buen rato.

Gaad se resiste.

—Yo prefiero la barca de papiro.

—¡Y yo también! –protesta Nut–. Es mucho más bonita. Pero me gustaría probar ésta de tela. ¿No te animas?

—No.

Esa embarcación es de unos turistas. Y los turistas inspiran a Gaad una especie de temor reverencial. Como el que los antiguos *fellahs* sentían ante el faraón, conquistador del Alto y del Bajo Egipto, hijo del Sol, amado de Ra, señor del Nilo, dueño de la llave que abre las puertas de la eternidad.

Su presencia, su modo de vestir, sus palabras y hasta sus mismas torpezas le dejan atónito, tembloroso e incapaz de reaccionar. ¡Parecen tan fuertes y son tan ricos! Hasta se atreven a tirar el agua y la comida.

Gaad ve a los turistas como si fueran semidioses distantes, que actúan por razones misteriosas, absolutamente incomprensibles, y cuyos actos repercuten en las gentes del pueblo, produciendo hambre o bienestar. Su poder es comparable al del Nilo Rojo, que unos años da cosechas abundantes y otros, sin agua ni barro, tan sólo trae hambre y miseria.

Cuando los turistas se resisten a comprar o vienen menos, como en marzo y abril, en que sopla el sofocante viento del sur, el *kamsim,* la comida en casa del viejo Haken escasea. ¿Qué ocurriría si desaparecieran totalmente?

Gaad teme ofenderlos. Siente una profunda inquietud cuando Nut se atreve a hablar de los turistas con desparpajo, con una sonrisa burlona en sus labios. Como ahora:

—Los turistas no se enteran ni de lo que pasa delante de sus narices. Se dejan engañar por todos los vendedores de recuerdos, que son unos tramposos…

—Mi abuelo, no –replica Gaad, ofendido.

—… y les sacan diez dólares por lo que cuesta diez piastras en cualquier tienda… ¿Cómo van a adivinar lo que ocurre en su ausencia?

Aun así, Gaad no quiere problemas con los turistas.

—Monta tú si quieres. Yo te acompaño en la barca de papiro.

—¿Me ayudarás a echarla al agua? –pregunta Nut.

Gaad no se atreve a negarse.

SECANO III

—Bueno. Pero tú no empieces a remar hasta que yo llegue con nuestra barca.

La piragua se desliza como una flecha sobre las aguas del Nilo, a favor de la corriente. Gaad la sigue a duras penas dando fuertes paletadas. Empeñados en adelantarse uno a otro, se les pasa el tiempo sin sentir. De pronto:

—¡Mira el sol! –grita Gaad, asustado–. Roza ya la cumbre del monte Gurn. ¡No tardarán mucho en estar de vuelta los turistas!

Tiene razón. Incluso Nut se alarma.

—Volvamos al campamento.

Ahora tienen que remontar el Nilo. Nut intenta la maniobra, pero sólo consigue atravesar la piragua en medio de la corriente.

—Dale más fuerte. ¡No! Con el otro remo.

Peor todavía. La piragua gira en remolino. En un bandazo contra las cañas de la orilla, se rasga la lona y empieza a entrar agua. Allá va, río abajo, a la deriva, hundiéndose lentamente de popa.

Gaad, que se ha quedado retrasado, grita órdenes contradictorias, tratando de ayudarla:

—¡Rema hacia atrás!

Nut lo intenta torpemente, pero la piragua cabecea.

—¡Suelta los remos! Aguanta, que ya estoy cerca.

La piragua gira de nuevo en remolino.

Y aún hay más. Gaad empieza a ver unas sombras oscuras moviéndose por el fondo del río. ¿Qué son? ¿Tal vez cocodrilos?

El abuelo Haken le había contado que más arriba del palmeral de Abu Simbel había cocodrilos, pero que no podían atravesar la primera catarata. Menos aún la Gran Presa.

En Luxor hacía mucho que habían desaparecido, pero Gaad sabía que el faraón mandaba arrojar a los cocodrilos sagrados del templo a los que osaban ofenderlo. Así estaba pintado en el interior de las tumbas.

Gaad se deja llevar por extraños pensamientos. Cierto que él no había osado ni tocar la embarcación de los turistas, pero había tolerado que lo hiciera Nut.

Los habían ofendido.

Las sombras negras se hacen más visibles, emergen a la superficie, se aproximan a la piragua medio anegada y la agarran por la popa.

Nut ni siquiera las había visto, pero notando que la piragua se iba a hundir de un momento a otro, se tira al agua, asustada.

Inmediatamente las sombras negras vuelcan la embarcación. ¿O la volcaron primero y por eso Nut cayó de cabeza al río? Es todo tan rápido que Gaad no sabe lo que realmente ha ocurrido.

Su única preocupación es llegar hasta Nut antes de que una de esas sombras, que nadaba hacia ella con rápidas brazadas, la alcance.

Pero la barca de papiro iba más rápida todavía. Gaad agarra a Nut por sus ropas brillantes y logra izarla a bordo con grandes dificultades.

Como la sombra negra estaba cerca, sigue remando velozmente.

—¡Huyamos!

Sacudiéndose el agua y apenas repuesta del chapuzón, Nut se asusta de nuevo al notar el pánico de su compañero.

—¿Qué ha pasado? –pregunta.

—¡Mira! –responde Gaad, señalando la piragua volcada y las sombras negras.

—¡Ah! –explica Nut en voz alta–. Son turistas. ¿Nunca habías visto los trajes especiales que se ponen para nadar debajo del agua?

—Quieren matarnos –dice Gaad temblando todavía.

Nut replica:

—¡No es posible!

—¡Sí! Lo he visto con mis propios ojos. Volcaron la embarcación. ¡Querían ahogarte! Suerte que adiviné el peligro y que tú te tiraste al agua a tiempo.

Los turistas, después de recuperar los remos, nadan arrastrando la piragua con la quilla hacia arriba. Pero no se dirigen a la orilla, sino que intentan aproximarse.

Como van despacio, uno se suelta, deja la piragua y los remos al cuidado de su compañero y nada directamente hacia ellos.

—¡Quiere volcar nuestra barca! –grita Gaad, convencido de las malas intenciones de los turistas.

Gaad rema con fuerza. El nadador los sigue de cerca y más lejos la piragua volcada es dirigida por el otro turista.

Tan extraña comitiva se acerca al embarcadero y llama la atención del numeroso grupo de egipcios y turistas que están esperando el transbordador para cruzar el Nilo.

Se hacen comentarios y surge la sospecha. Acude la policía, que ordena por señas a los tripulantes de una falúa que les corten el paso y los obliguen a atracar en el embarcadero.

Desde allí son conducidos todos al puesto de policía.

Los comentarios se desatan:

—¿Qué ha pasado? ¿Un accidente?

—No parece. Todos están sanos y salvos.

—Pero venía una piragua volcada y con la lona rajada.

—¡Ah, sí! La bajada en piragua por el Nilo. No se oye hablar de otra cosa.

—Han sorprendido a unos malhechores cuando les estaban robando la piragua.

—¿Ésos? ¡Pero si son unos niños!

Un guardia impide la entrada a los curiosos, pero hay uno que se resiste a que lo dejen fuera.

Es un joven empleado de la Oficina de Turismo, un multi-intérprete que atendió por la mañana a Carlos Manuel y Antonio cuando iban al Valle de los Reyes y que los reconoce en cuanto se quitan las gafas de bucear.

Con su ayuda se aclara lo ocurrido.

Gaad y Nut aseguran que no era su intención robar la embarcación de los turistas, sino que tan sólo la habían tomado prestada sin su permiso para dar una vuelta. La rotura de la lona había sido un accidente.

Los turistas, después de quitarse las gafas, el traje de goma y las aletas, se explican satisfactoriamente.

Cierto que en un principio pensaron que les habían robado la piragua y trataron de sorprender a los ladrones buceando, pero al darse cuenta de la situación sólo trataron de ayudar a la chica. Cuando la vieron tirarse al agua, uno de ellos se dispuso a salvarla, pero no fue necesaria su intervención: el chico de la barca había sido más rápido. Entretanto, el otro volcaba la piragua en un movimiento rapidísimo y bien realizado, pues todo el que practica el piragüismo sabe que resulta muy difícil sacar una piragua hundida del lecho de un río.

Ambos estuvieron muy amables. Uno de ellos se quitó la camisa, que con las prisas se había dejado debajo del traje de goma, para que la niña pudiera mudarse sus ropas mojadas.

No deseaban presentar denuncia ni exigir el pago de los daños sufridos. Pero necesitaban la barca de papiro para remolcar la piragua volcada hasta su campamento. Estaban dispuestos a pagar por el alquiler, siempre que el precio fuera razonable. Y la chica podía quedarse con la camisa si le gustaba.

Gaad y Nut habían aceptado encantados todas las propuestas de los turistas y se habían citado en el campamento para el día siguiente.

Viéndolos alejarse, Gaad murmura:

—¡Y pensar que yo había llegado a creer que los cocodrilos del faraón nos perseguían!

Lo dice medio en broma y medio en serio. Pero hay algo muy cierto: Gaad acaba de descubrir que los turistas no son seres distintos ni tan poderosos y terribles como él se figuraba. Nut sabe ahora que tampoco son todos orgullosos o estúpidos, como ella creía. Son sencillamente personas, hombres y mujeres con los que es posible llegar a entenderse amistosamente.

LA BARCA DE RA

Ya está reparada la piragua, cosido el desgarrón de la lona y puesto un parche. Unas pinceladas de pintura por encima y el remiendo queda prácticamente invisible.

—Espero que los miembros de la EIA no adviertan el accidente.

—¡Seguro! –responde Carlos Manuel–. Nos presentaremos ante las cámaras gloriosamente. Pero «los Carlos» descubrirán el remiendo a la primera ojeada.

¡Me van a echar una...! Claro que, pensándolo bien, hasta podría hacer rentable la avería. Tal vez consiga convencer a mi padre de que un triunfador como yo necesita una piragua nueva. ¡La *Secano IV!* Han salido unas con armazón de aluminio ultraligero que son estupendas.

Antonio se contenta con que el parche no se despegue en plena travesía.

—Dejándolo secar tres días no hay peligro: la adherencia del parche es perfecta. Pero con sólo 24 horas, la verdad, no me fío.

Carlos Manuel tiene una idea:

—¿Y si llegásemos a Luxor navegando en la barca de papiro? Imagínate la escena. Uno de nosotros, de pie, como iba el faraón en los dibujos de la tumba. El otro, manejando los remos como si fuera Tiyí, el almirante. ¡La barca del dios Ra, que cruza las fronteras de la vida y la muerte y conduce a la eternidad a los elegidos! Mañana tú y yo podemos llegar a Luxor en la barca de Ra, ante las cámaras de televisión, cruzando las fronteras de la fama. ¡Algo fantástico!

—Demasiado –refunfuña Antonio.

—¿No te gusta la fantasía? –pregunta Carlos Manuel, sorprendido.

—A mí, sí. Pero puede que no tanto a los directivos de la Ecology Association. Nosotros nos comprometimos a recorrer mil kilómetros en piragua por el Nilo. ¡En piragua! ¿Lo has olvidado?

—No.

—Eso es lo que debemos hacer. No estoy dispuesto a correr el riesgo de que nos metan mañana mismo en un avión de regreso a casa por incumplir el proyecto aprobado.

—Lo hemos seguido fielmente –protesta Carlos Manuel.

—Hasta ahora, sí.

—Y lo cumpliremos hasta el final –asegura Carlos Manuel–. Yo sólo me propongo utilizar la barca de papiro para cruzar el Nilo. Date cuenta. Hemos llegado en piragua hasta aquí desde Asuán: 232 kilómetros. Cruzar el Nilo de orilla a orilla: cero kilómetros de recorrido. Y salir después desde Luxor para cubrir la segunda etapa sin añadir ni quitar un centímetro al proyecto.

El razonamiento de Carlos Manuel no tiene pega.

—¿No les parecerá mal la novedad?

—¡Al contrario! ¿Qué pretende la EIA con estos viajes? Interesar a la opinión pública, ¡llamar la atención, en una palabra! ¿Y qué más llamativo que llegar a Luxor en una barca de papiro en vez de en una vulgar piragua...?

—¡No lo digas tan fuerte, no se nos vaya a ofender la *Secano III*!

—La *Secano III* ya sabe que yo la quiero mucho. ¡Pero donde esté la barca de Ra...! ¡No se puede ni comparar! Los cámaras y los directivos se van a quedar con la boca abierta –asegura Carlos Manuel.

Antonio termina por aceptar. Falta decidir ahora cuál de los dos entrará en Luxor como faraón y cuál como remero.

Lo echan a suertes. Gana Carlos Manuel, pero declina tan alto honor en favor de su compañero.

—Total –dice–, mi padre no se acordará o no tendrá tiempo de ver el reportaje. Mis hermanos esperarán al vídeo, que es más cómodo. Pero en tu casa será una fiesta. Se reunirán todos ante el televisor, familia y amigos, y estarán encantados de verte aparecer en primer plano.

—Veremos lo que nos piden por alquilar la barca de papiro hasta mañana por la noche. De entrada, una barbaridad –supone Antonio–. Tendremos que mantenernos firmes regateando hasta llegar a una cifra razonable.

—No te preocupes por el dinero –asegura Carlos Manuel–. Tengo de sobra.

—Tú, sí. Pero éste es un gasto del proyecto y hemos de pagarlo a medias.

—¡Si tú te empeñas...!

—¡Que no quiero viajar de gorra, a ver si te enteras!

—De acuerdo: a medias. Yo te prometo –dice solemnemente Carlos Manuel– que aguantaré regateando hasta el límite de nuestras fuerzas. Cuando nos cansemos, pago y en paz. Si nos sacan unas piastras de más, las pongo yo, y mejor para ellos.

Antonio está de acuerdo.

Los protagonistas del robo-accidente-vuelco piragüístico, tanto el chico como la chica, les habían caído simpáticos. Y su barca de papiro era preciosa. Se lo merecían todo.

—No tardarán mucho en venir a reclamar su barca y sus dineros.

Efectivamente. Aparecen al poco rato, pero no vienen solos. A Nut la acompañan sus padres y el cadí de Deir el Medinet, y Gaad viene con su abuelo Haken y sus hermanos: Jella, Abdu y Melik.

Cerrando la marcha llega el joven empleado de la Oficina de Turismo que les atendió en el puesto de policía. Ha conseguido permiso para faltar unas horas, considerando que sus servicios como intérprete serían imprescindibles para llegar a un entendimiento.

Antonio va calando ya en las costumbres locales y los recibe ceremoniosamente.

Extiende los sacos de dormir en la explanada y ofrece los improvisados asientos, haciendo reverencias hasta que todos se acomodan.

El viejo Haken piensa:

«Un nubio no hubiera recibido mejor a sus huéspedes ante su tienda de piel de cabra en medio del desierto.»

Antonio enciende el infiernillo de butano, prepara la cafetera y reparte galletitas a los niños.

Los recién llegados se miran unos a otros satisfechos. Y sorprendidos.

Esto es lo nunca visto: ¡unos turistas que no parecen tener prisas ni presionan a los demás con su impaciencia! Buen comienzo.

Para servir el café, Antonio tiene que echar mano de todos los cacharros disponibles. Ofrece tazas al abuelo Haken y a la madre de Nut. Los demás han de conformarse con lo que sea. Al cadí le toca un vaso de plástico y a Melik un cazo de aluminio de cuatro litros. ¡Mal lo pasaría si se cayese dentro!

Tan satisfecho está con su suerte que sólo consiente en cambiarlo por una lata empezada de leche condensada. Mete el dedo y se lo chupa goloso.

Hasta la tercera ronda de café no se inician los tratos.

Carlos Manuel se entiende en inglés con el intérprete, cuyo castellano es infame pero que habla un inglés pasable. Por culpa de las sucesivas traducciones en árabe, inglés y castellano, para que Antonio se entere de cómo van las negociaciones, el asunto avanza con lentitud.

Al padre de Nut le brillan los ojos de codicia. No tendría por qué intervenir, puesto que la barca no es suya, pero es el que lanza una primera cifra, apoyado por el cadí, que pretende sacar su parte en el negocio.

La cifra debe ser exorbitante a juzgar por los gestos del intérprete, que se niega a traducirla. Discuten en árabe entre ellos mientras el viejo Haken mira en silencio el fondo de su taza vacía y Antonio se apresura a cargar de nuevo la cafetera.

El padre de Nut pide por fin una cantidad que al intérprete le parece razonable: veinte libras egipcias por la barca, lo que cuesta el alquiler de un camello; dos más para el cadí, dos para el intérprete y veinte piastras de propina para cada uno de los presentes.

Carlos Manuel inicia el regateo en inglés, más por divertirse que por ahorrarse unas libras, y acierta. Al cadí y al padre de Nut les hubiera parecido una imperdonable falta de educación por parte del extranjero aceptar el precio a la primera.

Carlos Manuel advierte que a la barca de papiro no hay que echarle de comer cebada y el cadí replica que camellos hay muchos y que la barca es única.

Mientras Carlos Manuel se ocupa de los asuntos económicos, Antonio atiende a sus huéspedes.

Los niños lo miran todo con ojos muy abiertos, pero hasta que el abuelo Haken no les da permiso no se atreven a levantarse de sus asientos. No les basta mirar, tienen que revolverlo y palparlo todo: la piragua, la tienda, las mochilas, las botas...

Gaad y Nut gesticulan, comentando las incidencias de la víspera, y Antonio intenta explicarle al viejo Haken que la barca de papiro será vista en el mundo entero a través de la televisión.

Pero los gestos no dan para tanto. Solicita la ayuda del intérprete y la conversación se generaliza.

Al enterarse del uso «faraónico» que los dos extranjeros se proponen hacer de la barca de papiro, el viejo Haken suelta la taza, se levanta y dice algo que provoca encontradas reacciones en el grupo egipcio: Gaad y Nut aplauden; el padre de Nut se escandaliza, el cadí protesta, el intérprete se asombra y los pequeños saltan de alegría.

Antonio y Carlos Manuel se preguntan, intrigados:

—¿Qué habrá dicho el viejo?

El intérprete traduce, usando una pintoresca mezcla idiomática de inglés y castellano, para que Antonio se entere a la primera:

—Haken ha dicho que hizo la barca para regalársela a su nieto y no para alquilarla a los turistas.

Carlos Manuel y Antonio se miran desolados.

El intérprete insiste:

—La barca no se alquila. Pero... Haken considera que es para él un gran honor prestársela a sus nuevos amigos –añade.

Cuando el intérprete termina de hablar, el viejo Haken se inclina, solemne. Carlos Manuel y Antonio le estrechan la mano emocionados.

—Amigos, ¡sí! ¡Amigos para siempre!

Aquí no termina el asunto. El intérprete coge aparte a Carlos Manuel y le explica que las costumbres locales obligan a corresponder al favor recibido con unos regalos. Quedaría muy bien ofreciéndole la cafetera al viejo Haken; una linterna al padre de Nut, el cazo grande a la madre y la navaja siete usos al cadí.

El intérprete termina diciendo muy sonriente:

—Yo mismo acepto encantado el bolígrafo que asoma del bolsillo de tu camisa y el pañuelo que llevas al cuello. No quiero ofenderte rechazando tan bonitos regalos.

Carlos Manuel y Antonio cumplen gustosos con la costumbre local y aún añaden algo más: gafas y aletas de bucear para Nut y Gaad y dulces para todos.

Terminan la reunión posando ante la máquina fotográfica de Carlos Manuel, que tiene disparador automático y que permite que el grupo salga completo.

El Nilo Rojo

LISTA DE CORREOS

ANTES de emprender el viaje, Antonio se había comprometido a detenerse en una serie de lugares para recoger las cartas que le enviasen a la Lista de Correos de esas ciudades y contestarlas en el acto.

Su padre había señalado esos lugares en el mapa de Egipto que había clavado con cuatro chinchetas en la pared del comedor, anotando también las fechas en las que pasaría la piragua.

Eran siete –Asuán, Edfú, Luxor, Tell Amarna, Beni Mazar, El Eayun y El Cairo–, separados unos de otros por etapas de cuatro o cinco días de navegación.

El sistema había funcionado perfectamente.

Antonio encontraba siempre una carta de su familia esperándole en la Lista de Correos. La leía, la contestaba y echaba la respuesta en el buzón de la misma estafeta.

Carlos Manuel lo tenía más fácil. Llamaba por teléfono a casa o a la oficina de su padre, según la hora, y si no le respondía nadie, dejaba un recado en el contestador.

—¡Todo va estupendamente! ¡Hasta pronto! –y colgaba.

En esta segunda etapa les toca parada postal en Tell Amarna.

Desde que habían salido de Luxor –tras el recibimiento triunfal de la barca de papiro con cámaras de televisión, directivos de la EIA entusiasmados, autoridades egipcias en el embarcadero y niños de las escuelas con banderitas–, la navegación por el Nilo era rápida.

Ganaban tres o cuatro kilómetros al día, pues Antonio, además de recoger la correspondencia, quería hacer una escala turística en Tell Amarna.

—¿Qué hay que ver allí? –le pregunta Carlos Manuel dando rápidas paletadas.

—La ciudad de Amenofis IV, el faraón que cambió su nombre por el de Akenatón en honor del dios único y solar al que adoraba: Atón. Era sabio, bueno y humano. En los relieves de palacio aparece atendiendo al pueblo, jugando con sus hijos, en conversación con su esposa Nefertiti...

—¿Nefertiti? Ya la conozco. Me la presentaste en Abu Simbel.

—Era otra. Se llamaba Nefertari.

—Nefer-Nefer... ¿Eran de la misma familia?

—¡No! Nefer no es un apellido, sino el comparativo absoluto egipcio, que quiere decir «la más...», «la que mejor...». Nefertari es «la que mejor camina». Nefertiti, «la más bella».

—¿Tan guapa era? ¿Sí? Pues estoy deseando llegar a Tell Amarna para verla.

—Antes tenemos que recoger mi carta –le recuerda Antonio.

Efectivamente. Nada más desembarcar se dirigen a la estafeta de Correos. Antonio presenta su pasaporte en la ventanilla.

—Mis cartas, por favor.

Aunque el empleado no entiende el castellano, lo dice en plural con la esperanza de recibir otra, además de la de casa.

Se había hecho ilusiones de que su aventura en Egipto le haría subir puntos ante sus amigos, sobre todo ante Laura, y de que no terminaría el viaje sin recibir carta suya.

Había pasado por tres Listas de Correos ¡y nada! Sus esperanzas empezaban a flaquear.

Pero no. Esta vez seguro que recibiría carta de Laura. Al menos, como contestación a las que él le había enviado desde Asuán, Edfú y Luxor.

Antonio se impacienta. ¿Por qué tarda tanto el empleado? ¿Y qué necesidad tenía de llevarse el pasaporte? Con mirar el nombre bastaba. ¿Tratará de robárselo? ¡Horror! ¿Cómo se las arreglaría el resto del viaje por Egipto sin documentación y en piragua?

Antonio mete la cabeza por la ventanilla gritando:

—¡Eh! ¡Oiga! ¡Que ya está bien! ¡Mis papeles! ¡No me salga después diciendo que no se los di! ¡Mis cartas! Tiene que haber una por lo menos.

¿Una? ¡Un montón!

—¡Tampoco hay que pasarse! –dice Antonio, sorprendido, repasando las direcciones–. ¿Está seguro de que todas estas cartas son para mí?

—Y una más, que se había caído –dice Carlos Manuel, recogiéndola del suelo.

Era justo la de Laura.

Antonio rasga el sobre impaciente y se sienta a leerla, dejando las demás en el mostrador.

Carlos Manuel le pregunta:

—¿Éstas no te interesan?

De momento, no. La carta de Laura acapara su atención.

Carlos Manuel lanza una mirada distraída a los sobres.

Le intriga ver que llevan una enorme variedad de sellos.

—De Alemania, Japón, Estados Unidos, Dinamarca... ¿Desde cuándo tienes tú amigos en el mundo entero?

Y repasa ahora los remites:

—Director del Museo de la Ciencia de Munich, capitán Erik Fanelsson, Sección de Etnografía del Museo del Estado de Chicago... ¿Te das cuenta de que...? ¡Antonio! ¿Es que no me oyes?

Antonio baja bruscamente de las nubes.

—¡Sí! Digo, ¡no! Perdona, chico. ¿Qué me estabas diciendo? ¡Ah, sí!, las otras cartas. ¿Algo interesante?

—Echa una mirada –dice Carlos Manuel entregándoselas y tratando de buscarles una explicación.

Los sobres indican que habían sido enviadas a la sede de la Ecology International Association de Ginebra. Allí habían tachado la dirección y las habían remitido a la Lista de Correos de Tell Amarna. Están, por tanto, relacionadas con el viaje. Es de suponer que él, Carlos Manuel, haya recibido también algunas.

Enseña su pasaporte en la ventanilla.

—Las mías, ¡deprisa!

Carlos Manuel había acertado en sus deducciones.

El empleado le entrega casi tantas cartas como a Antonio, y algunas repetidas.

—Yo tengo también la del Museo del Estado de Chicago. Una de París. ¿Qué pone en este remite? ¿Maketik? ¡Ésta es nueva! Antonio, ¿tienes otra del director del Museo de la Ciencia de Munich?

—¡Sí! Aquí está. La del marino también viene repetida. ¿Empezamos por ésta?

La van leyendo a dúo:

—«Muy estimado amigo: Soy un capitán de marina jubilado, experto en nudos, que he ido aprendiendo y recogiendo en mis viajes por los siete mares y los cuatro ríos.

»Mi colección se compone de 2 492 nudos diferentes, pero en ella no hay ninguno de los usados en Egipto. Tengo el gusto de invitarles a ustedes a pasar una temporada en mi casa de Copenhague con todos los gastos pagados, pues deseo aprender cuantos nudos de tiempos faraónicos ustedes conozcan.»

Antonio exclama extrañado:

—¡Y yo qué sé cómo era el lazo que el faraón se hacía en las sandalias!

—¡Está clarísimo! –responde Carlos Manuel–. Sigue leyendo.

Resulta que el marino danés había visto por televisión la llegada a Luxor de la barca de papiro y la había grabado en vídeo. Por más que pasaba una y otra vez la cinta probando al mismo tiempo con cuerdas o juncos, no lograba sacar los nudos con que están atados los haces de papiro. Le gustaría mucho aprenderlos y añadirlos a su colección.

Las cartas que van leyendo después se refieren también a la barca de papiro:

—«Muy señores míos: A través de la EIA, a la que he rogado les transmita esta carta, me apresuro a anunciarles mi llegada a El Cairo el próximo 24 de septiembre...»

—¿Qué nos importan a nosotros los viajes del director del Museo del Estado de Chicago? ¡Que vaya y venga a donde le dé la real gana –refunfuña Antonio– y nos deje a nosotros tranquilos!

—¡Sigue! –le apremia Carlos Manuel.

—«... para tratar personalmente con ustedes sobre la adquisición por parte de este museo de su barca de papiro para exponerla en la sala dedicada a la historia de la navegación. El encuentro será en el Hotel Ramsés, donde he reservado también habitaciones a su nombre. Los espero el miércoles 24 de septiembre, a las once de la mañana, en el Salón Cleopatra.»

—¿Qué te parece?

—Que no faltaremos a la cita. Estaremos allí puntualmente –responde Carlos Manuel sin salir de su asombro.

El director de Estudio de los Primitivos Actuales de la Sorbona está interesadísimo en saber si la barca de papiro de forma faraónica que había aparecido en televisión se seguía utilizando en la actualidad.

—«El completísimo Museo Etnográfico de París –lee Antonio– tiene barcas de juncos del Sudán; de cañas, del Japón; de palma trenzada, de Oceanía, y una de totora, de los indios americanos del lago Titicaca. Pero ninguna de papiro. Seguramente sabrán apreciar ustedes el alto honor que este museo les hace, abriendo sus puertas a su barca.» ¡Mira!, incluye el importe del franqueo para la respuesta.

—¡Generoso!

—Y de pagar ¡nada! Éste se queda sin barca.

—Guarda los sellos. Algo valen.

La carta siguiente es de un millonario, coleccionista de curiosidades. No quería perderse una pieza tan bonita, interesante y rara. Encargaba una barca de papiro a escala reducida y mandaba el importe por adelantado. Un cheque de cien dólares en cada carta. Doscientos dólares por la reproducción en miniatura que Haken vende a los turistas por unas pocas piastras. ¡No está mal!

Antonio y Carlos Manuel gritan al tiempo:

—¡Haken! ¡Nut! ¡Gaad!

—¿A qué esperamos? Hay que avisarlos.

—¡Inmediatamente! Es preciso que se presenten en El Cairo el día 24. Con los doscientos dólares del coleccionista hay de sobra para los primeros gastos: billetes de tren, embalaje y facturación de la barca de papiro, la estancia...

—Yo creo que conviene vender la barca al que trae el dinero en mano y contestar a los demás –dice Carlos Manuel.

—Eso tendrá que decidirlo Haken –replica Antonio.

—¡Naturalmente!

Sin perder ni un minuto acuden a la centralita. Hablar con Haken por teléfono será difícil, pues no conocen su dirección exacta ni su apellido.

Suerte que los egipcios son amables y siempre están dispuestos a entablar una charla amistosa y a escuchar una buena historia.

La que cuentan los dos jóvenes sobre el éxito de una barca de papiro es magnífica.

Se la transmiten al telefonista de la centralita de Luxor y todos se ponen en acción, tratando de localizar a Haken, un nubio vendedor de *antikités* en el Valle de los Reyes.

Manipulan clavijas, gritan como si tuvieran que ser oídos de una central a otra de viva voz, preguntan, se movilizan, investigan, cuelgan, vuelven a llamar y aseguran que a la mañana siguiente Haken, Gaad y Nut estarán en la centralita de Luxor acompañados del intérprete, esperando la llamada de Carlos Manuel y Antonio desde Tell Amarna a las diez en punto.

Con tantas novedades se les pasa el día sin sentir. Ya no queda tiempo de visitar la antigua ciudad de Akenatón.

Por esta vez Carlos Manuel se queda sin comprobar la belleza de Nefertiti, pero tanto le da. El asunto que se traen entre manos es «neferimportante».

La llegada a Luxor al estilo faraónico que Antonio y Carlos Manuel planearon con gran fantasía, como un juego divertido, está teniendo repercusiones imprevistas.

Hasta Laura se emocionó al verla en televisión. Por eso había escrito.

La barca de papiro que el viejo Haken fabricó para regalársela a su nieto conmociona e interesa a marinos, coleccionistas, egiptólogos e historiadores.

—¿Te das cuenta? –comenta Antonio–. Esto parece la crecida del Nilo. Apenas se nota al principio, pero sube y se ensancha y se desborda e inunda los campos con su barro rojo que produce después grandes beneficios.

—Europa, África, América... Esta vez la crecida alcanza al mundo entero.

—¡Es estupendo! ¡Estupendo! –termina a gritos Carlos Manuel.

REUNIÓN EN EL CAIRO

Yella, el portero del Hotel Ramsés Hilton de El Cairo, es un nubio imperturbable de más de dos metros de estatura, negro como la noche, con uniforme verde, fez rojo y guantes blancos.

Vigila la entrada, espanta a los mendigos, busca taxistas honrados para los clientes del hotel y controla la situación en todo momento.

A los que entran y salen les dedica idéntico saludo: una amable inclinación de cabeza que jamás se hace servil ante las mujeres más enjoyadas o con los más lujosos equipajes.

Así recibe a dos jóvenes extranjeros requemados por el sol con grandes mochilones a la espalda.

Mantiene abierta la puerta de cristales y les señala el mostrador con un gesto. El jefe de recepción actúa de modo diferente. Manda a un mozo de equipajes que se entienda con los enmochilados –Carlos Manuel y Antonio– y reserva su atención y sus mejores sonrisas para viajeros bien vestidos.

El mozo desea quitarse de enmedio cuanto antes a los enmochilados, cuyo aspecto desentona en el lujoso vestíbulo del Ramsés, pero ellos aseguran que tienen habitaciones reservadas en el hotel y poco tiempo que perder: les aguarda una cita importante a las once en el Salón Cleopatra.

El mozo, extrañado, habla con el recepcionista, que comprueba la veracidad de estas afirmaciones y cambia de actitud.

Les tiende las llaves con una reverencia:

—Habitación número 234. Con vistas al Nilo. Espero sea del gusto de los señores. ¡Mozo! ¡El equipaje!

Carlos Manuel amontona los bultos: las dos mochilas, la bolsa de deportes, los remos, las cámaras de fotos y de vídeo...

El mismo mozo que antes los empujaba hacia la calle carga ahora con los mochilones, entre sonrisas y reverencias.

—Súbalo todo a la habitación. Deje las cámaras sobre la cama. ¡Y cuidadito con los golpes!

Antonio pregunta:

—¿Nos vamos a presentar así, con estas pintas?

—Las once menos cuarto –responde Carlos Manuel consultando el reloj–. ¡No queda tiempo ni para una ducha! Se lo he oído decir mil veces a mi padre: «Llegar con retraso a una cita puede arruinar el mejor de los negocios.» Por favor –le pregunta en inglés al recepcionista–, ¿el Salón Cleopatra?

—Al fondo a la izquierda. Son ustedes los primeros en llegar. Enseguida irá el camarero, por si desean tomar algo.

Carlos Manuel deja el mostrador, pero Antonio lo retiene allí todavía.

—¡Un momento! Prepara al recepcionista para la aparición de Haken y compañía. Si a nosotros apenas nos escucharon al principio, a ellos es de temer que los quieran echar a patadas.

—Tienes razón –dice Carlos Manuel. Y continúa en inglés–: Un anciano egipcio llamado Haken, acompañado por una jovencita, un muchacho y un joven, vendrán para asistir a la reunión del Cleopatra. Avísenos de su llegada. ¡O mejor aún! Hágales pasar directamente al salón.

—Muy bien, señor. Advertiré al portero.

—¡Inmediatamente! –insiste Carlos Manuel.

El recepcionista sale y habla con el portero nubio, que esta vez parece turbarse ligeramente.

Hace algunas preguntas ante las que el recepcionista se encoge de hombros, pero el portero insiste.

Antonio, que sigue la escena tras los cristales, recuerda de pronto:

—¿No nos dijo Gaad que su padre trabajaba en un hotel de El Cairo? ¡Mira que si diera la casualidad de que ese portero nubio fuera precisamente...!

Carlos Manuel no lo escucha.

Antonio sigue atento al portero y resulta que sí, que esa feliz casualidad se produce: es el padre de Gaad.

Cuatro viajeros se acercan al hotel: el viejo, los chicos y el intérprete.

Vienen cubiertos de polvo y carbonilla después de una noche de tren, con cestos y líos atados con cuerdas por equipaje.

Al verlos, el portero nubio se queda pasmado. Reacciona abandonando su puesto y corriendo hacia los recién llegados.

Saluda a Haken con una profunda reverencia y abraza a Gaad con grandes muestras de alegría.

El recepcionista está dispuesto a permanecer impasible pase lo que pase. Pregunta a Antonio, señalando al grupo que se encuentra al otro lado de la cristalera:

—¿Son ésas las personas que ustedes estaban esperando?

—Sí –responde Antonio, que ahora le explica a gritos a Carlos Manuel, que se encuentra al fondo del vestíbulo–: ¿No te lo dije? ¡Pues sí! El portero es el padre de Gaad.

Carlos Manuel le hace gestos a distancia, metiéndole prisa y sin prestar atención a sus palabras.

Afuera, el portero nubio escucha al viejo asombrado. El muchacho y la chica intervienen gesticulando. Yella no entiende nada y mira atónito, con la boca abierta, a su familia, que acaba de aparecer de pronto en El Cairo. ¡Y ante el Ramsés, como caídos del cielo!

El recepcionista sale, llama la atención al portero, que recobra al instante la compostura: se yergue, se estira los guantes, se encasqueta el fez, cierra la boca y abre la puerta de cristales con el gesto de costumbre para que pasen los recién llegados.

El recepcionista está nervioso, aunque intente disimularlo. Cuanto antes desaparezcan del vestíbulo esos desharrapados, mejor. En el Salón Cleopatra no los verá nadie. Allá se las entienda con ellos el americano que lo ha alquilado, y que llega justo en este momento.

—Sí, señor. Ya están aquí sus invitados. Pero son seis, no dos, como usted había anunciado. Pueden pasar al salón. Enseguida les servirá el camarero unas bebidas. Cortesía del Ramsés. Y cualquier cosa que necesiten: máquina de escribir, secretaria, un ordenador, un notario, ¡lo que sea!, no tiene más que pedirlo, y se lo proporcionaremos al instante. Al fondo del vestíbulo a la derecha: Salón Cleopatra. Y ya lo sabe: nos tiene siempre a su servicio.

Cuando entra el americano, Carlos Manuel hace las presentaciones y le explica la presencia del viejo Haken y sus acompañantes, los verdaderos creadores y propietarios de la barca de papiro por la que el Museo de Chicago está interesado. Y no es el único.

Hasta el momento se han recibido ya medio centenar de cartas de universidades, museos y particulares del mundo entero.

El americano reclama sus derechos de prioridad, que nadie le discute, ofrece una importante cantidad por la compra de la barca, de ésa precisamente, la que salió en televisión, y exige su entrega inmediata.

El viejo Haken no pierde la calma ante tan halagüeñas perspectivas.

A la oferta muy generosa del director del Museo de Chicago para comprar la barca de papiro responde Haken, con su habitual reserva, que tiene que pensarlo.

Antonio suda frío temiendo que fracase el trato, y Carlos Manuel admira la habilidad del viejo para los negocios. No hay como demostrar indiferencia para que suban los precios. El norteamericano insiste y Haken repite su anterior respuesta.

Se produce un regateo «al revés», en el que el comprador va subiendo las ofertas. A cifras cada vez más elevadas, añade la promesa de conseguir viajes de estudio a Norteamérica para Carlos Manuel y Antonio, un curso de perfeccionamiento de inglés para el intérprete y becas para que Nut y Gaad estudien lo que quieran.

—Yo, ¡médico! –dice Nut, que ya lo tenía pensado.

—Yo, ¡marino! Quiero ser piloto de los barcos que salen al mar –dice Gaad, a quien el Nilo ya se le ha quedado pequeño–. ¡Abuelo, di que sí! ¡Di que sí ahora mismo!

Las cantidades siguen subiendo con la misma rapidez con que habían subido las aguas aquella noche trágica, hasta anegar el valle y el palmeral de Abu Simbel. Haken comprende que su vida va a cambiar, pero esta vez por una crecida como la del Nilo Rojo, cargada de esperanza.

Se hace convertir los dólares a libras egipcias y piastras. Si las cuentas están bien, si la calculadora del americano no le engaña, Yella podrá dejar su trabajo en El Cairo y regresarán todos juntos a la aldea.

Levantarán una verdadera casa y montarán un taller de artesanía. Fabricarán bonitas reproducciones de arte egipcio que irán desplazando las baratijas de plástico fabricadas en el extranjero. Sus nietos podrán estudiar si lo desean. Hasta sus vecinos de Gurna podrán salir también de la miseria, pues habrá trabajo para todos.

Los ojos del viejo Haken brillan de alegría. Pero antes de tomar una decisión, quiere consultar con su yerno. Yella termina su turno de trabajo a las cinco. A esa hora dará su respuesta.

El americano no admite espera. Llama al recepcionista del hotel y ordena que mande pasar inmediatamente al salón al nubio de la puerta. El recepcionista se asombra más que si le hubieran pedido un cocodrilo, pero no pone el menor inconveniente.

Acude Yella y, en cuanto le explican el asunto, tira el fez y los guantes, se quita la librea verde y dice que sí a todo.

El americano saca el contrato, rellena los huecos con las últimas cifras y lo firma. Haken traza un aspa y pone la huella de su dedo. Gaad escribe su nombre en caracteres árabes y occidentales, como copropietario de la barca de papiro.

Mientras se cumplen estas formalidades, Antonio y Carlos Manuel comentan todo lo ocurrido:

—¡Mil kilómetros en piragua por el Nilo!

—¡Nos parecía un sueño cuando estábamos haciendo el proyecto!

—Lo empezamos como una prueba deportiva, y se nos ha convertido en una estupenda aventura humana –comenta Antonio.

—Yo buscaba un buen palista para la piragua y resulta que he encontrado a un verdadero amigo –dice Carlos Manuel.

—¡El Nilo Rojo nos ha alcanzado de lleno! Este año la crecida ha sido de amor, de amistad y de sorpresa. Nut, Gaad, Yella, el viejo Haken... Hasta hace nada, unos desconocidos. Y ahora, ¡amigos para siempre!

—Sin olvidar al intérprete, a este americano del contrato, al danés de los nudos, al australiano, al coleccionista de maquetas... y a todos ésos –termina Carlos Manuel, señalando el montón de cartas–. ¡A todos nos ha unido para siempre el abrazo del Nilo!

Fin

Taller
de lectura

El abrazo del Nilo

1. El libro de Montserrat del Amo

1.1. ¿Ha deseado la excelente autora que es Montserrat del Amo escribir un *libro de aventuras?* Parece que sí, porque para dos chicos jóvenes deslizarse mil kilómetros en piragua no es como darse una vuelta por el madrileño barrio de Chamberí, por la Plaza Mayor de Salamanca, por las Ramblas de Barcelona o por la plaza del Torico de Teruel. Ni siquiera es vivir la experiencia con una piragua en el Tajo o el Ebro, como dice el padre de Antonio, uno de los protagonistas. No, no. Estamos lejos, en Egipto. Y en el Nilo, aunque con «su abrazo». Y con mil kilómetros por delante...

Por consiguiente, ¿podríamos decir que en el libro de Montserrat del Amo encontramos *mucho* de libro de aventuras? Opinad.

2. Más que un libro de aventuras

2.1. Si fuese un libro de aventuras solamente, sería la *acción* el elemento que predominaría sobre lo demás. Pero tanto como la acción –creemos– cuentan las *reflexiones* que el texto nos permite realizar al hilo de la lectura, las *críticas* un tanto escondidas o a la vista que nos ofrece el texto, el *análisis de situaciones reales* que nos recuerdan y nos acercan hacia el conocimiento de otras realidades distintas a la nuestra. Por eso el libro es «más cosas», aunque tenga mucho, por ejemplo, de aventura cultural.

Tal vez el sentido de este libro de Montserrat del Amo lo encontremos en las palabras que uno de sus protagonistas, Antonio, dice hacia el final, porque...

«Lo empezamos como una prueba deportiva, y se nos ha convertido en una estupenda aventura humana.»

Naturalmente, una *aventura humana* es mucho más... Hablad sobre ello.

3. Para que comiences a trabajar y a reflexionar sobre el libro

Vamos a proponerte algunas definiciones breves sobre el libro para que las justifiques.

Decimos: *Es un libro de inquietudes.*

Justificamos: Es un libro de inquietudes porque nos narra, precisamente, cómo dos chicos que acaban el bachillerato muestran su interés –su inquietud– por participar en un proyecto que los enriquece como personas, a la vez que ellos contribuyen también para que otros hombres puedan llegar a ser más personas.

3.1. *Es un libro de aventura cultural.*

Justifícalo:

....

....

....

....

3.2. *Es un libro de amistades.*

Justifícalo:

....

....

....

....

3.3. *Es un libro de reflexiones.* (Fíjate, por ejemplo, en cuestiones como la discriminación por no pertenecer a un mismo grupo étnico, el consumismo, la picaresca de los débiles para sobrevivir –vendedores de baratijas.)

....

....

....

3.4. Ya has leído que el concurso en el que participan Antonio y Carlos Manuel, después de haber premiado su proyecto, lo promueve una asociación que:

«... se ocupa de estudiar, mantener y restablecer el equilibrio ecológico natural, amenazado por la civilización tecnológica.»

Contesta las siguientes preguntas: ¿Qué es la tecnología? ¿Es bueno o perjudicial para el hombre el avance tecnológico? ¿Qué se entiende por «tecnología-punta»? Las máquinas ¿son el resultado del desarrollo tecnológico?

....

....

....

3.5. Ahora, tú. Piensa y redacta preguntas relacionadas con la tecnología. Por ejemplo:

¿Deben implantarse corazones artificiales a la vista de los resultados que se consiguen? ¿Los recursos utilizados en viajes espaciales, que exigen una alta tecnología, deberían invertirse en otras áreas, como en investigación sobre el cáncer?, etc.

....

....

....

3.6. Aparentemente, algunas actividades como los viajes espaciales o, simplemente, las carreras de coches de Fórmula 1, parece que no aportan ningún beneficio social. ¿Crees que es así? Infórmate y elabora una breve lista sobre los beneficios que proporciona al hombre el uso de algunas tecnologías. (Por ejemplo, el uso de neumáticos más seguros.)

....

....

....

....

....

3.7. Teniendo en cuenta las actividades anteriores, redacta un juicio crítico sobre en qué medida el uso de las diversas tecnologías contribuye a mejorar la vida del hombre o a perjudicarla, a hacer a éste más libre o más esclavo.

....

....

....

....

....

....

4. Más referencias en *El abrazo del Nilo*

4.1. Leemos:

«*Antonio va calando ya en las costumbres locales* –se refiere, claro, a las costumbres del pueblo egipcio– *y los recibe ceremoniosamente.*»

Contesta: ¿Te parece que es beneficioso para el desarrollo de la humanidad en general que los habitantes de unos países *conozcan y acepten* costumbres, valores, ideas, comportamientos, etc., de países diferentes? ¿Consideras que es un hecho positivo? ¿Por qué? Razónalo ampliamente.

4.2. También se nos cuenta que Nut, la joven protagonista, no siente miedo y que «*... es capaz de afrontar el peligro con la misma decisión que un muchacho. O más.*»

¿Qué opinas sobre los chicos y las chicas, los jóvenes y las jóvenes, los hombres y las mujeres en relación, por ejemplo, con los trabajos que pueden realizar, los valores que poseen unos y otros, la capacidad de sacrificio, la fuerza, la entrega a una tarea, etc.?

¿Es igual una chica que un chico en todas las situaciones de la vida?

¿Crees que existen tareas que son más apropiadas para las mujeres y otras para los hombres?

¿Puede una mujer ser general de un ejército? ¿Y minero?

¿Es más valiente una mujer, por el hecho de ser mujer, que un hombre? ¿Es más inteligente un chico que una chica? ¿Son más inteligentes las mujeres que los hombres?

Explica razonadamente lo que piensas sobre interrogantes como los anteriores. Pon algunos ejemplos.

5. Las grandes diferencias, países ricos y países pobres

5.1. Un texto del libro. Nut dice a su amigo Gaad:

«Los turistas hacen cosas rarísimas... Compran mucha comida, más de la necesaria, y no la aprovechan. Con los refrescos y el agua hacen lo mismo. Siempre queda líquido en el fondo de las botellas que ellos tiran. Se me ocurrió aprovechar ese líquido para regar un huerto...»

Los siguientes datos aparecieron en la prensa:

- Un ciudadano americano genera más de 700 kilos de basura al año.
- Un ciudadano francés, casi 360.
- Un alemán no llega a los 300.
- Los países en desarrollo, es decir, los del llamado Tercer Mundo, como Senegal o Costa de Marfil, generan menos de 100 kilos por habitante y año.

¿Qué conoces sobre los países del Tercer Mundo? ¿Qué reflexiones se te ocurren a la vista de la cita textual y la información de la prensa? Redáctalas.

6. El desarrollo pasa por la puerta de la cultura

6.1. En relación con el contenido de las dos actividades anteriores, reviste un gran interés valorar las ideas del abuelo Haken, de la madre de Nut y del profesor.

El abuelo desea una vida mejor para sus nietos. Sabe que *«... ya no basta con aprender de labios de los viejos... Haken quiere que sus nietos vayan a la escuela para que no les pillen los cambios por sorpresa, como a él mismo le había sucedido»*.

Otro tanto ocurre con la madre de Nut, que poco a poco, y decididamente al final, coopera con su hija para que pueda asistir a la escuela.

¿Y qué decir del maestro? Montserrat del Amo es tajante:

«El maestro decía que era preciso inventar el futuro. No se podía seguir pidiendo limosna a los extranjeros. Había que reformar el turismo, abrir más escuelas, extender las tierras de cultivo, crear industrias...»

¿Os extraña tanta insistencia? Comentadlo.

6.2. Hoy sabemos que las posibilidades de desarrollo de los pueblos más pobres pasan en primer lugar por aprender a leer, es decir, por desterrar el analfabetismo.

Busca en el diccionario el significado de las palabras «cultura», «educación» y «desarrollo».

Escríbelo y haz un breve comentario.

....

....

....

....

6.3. Tal vez te hayas preguntado en alguna ocasión para qué te sirven algunas cuestiones que te ves obligado a estudiar, pues, aparentemente, no descubres en ellas ningún valor. Si has *calado* en los conceptos de cultura y educación, tal vez desaparezcan algunas dudas.

Busca en el diccionario el significado de la palabra «libertad», escríbelo y contesta razonando tus respuestas:

- ¿Existe alguna relación entre educación y libertad?
- ¿Y entre libertad y cultura?
- ¿Y entre ignorancia e inseguridad?
- ¿Puede ser verdaderamente libre una persona que no haya recibido educación?
- Un pueblo inculto ¿podrá gozar de libertad?

....

....

....

6.4. Se nos cuenta en este libro que Gaad miraba a los turistas como si fuesen semidioses. ¿A qué crees que se debe este hecho?

....

....

6.5. ¿Cómo puedes cooperar para que tu país sea cada vez más culto, educado y libre?

....

....

7. Más lecturas en *El abrazo del Nilo*

7.1. A través de su argumento, este libro te ha permitido conocer nuevos hechos, y por consiguiente reflexionar sobre otros temas, valorarlos, formarte tus opiniones personales, etc. He aquí algunos: la mentalidad de culturas diferentes, la importancia y el poder de los medios de comunicación, el problema del desarraigo, del no gozar de la posibilidad de «echar raíces» en un lugar, bien descrito este caso en la figura del abuelo Haken, etc.

Cita aspectos que te hayan llamado la atención.

....

....

....

8. Una lectura diferente

Las actividades que has realizado hasta ahora pretendían facilitarte una lectura en cierto modo crítica y reflexiva. Esta forma de leer no debe faltar nunca, porque es muy enriquecedora.

Lo anterior no significa que se abandonen o descuiden otros tipos de lectura que, aunque persiguen objetivos diferentes, también contribuyen a que consigas una formación mayor. (Recuerda tus ideas sobre educación y cultura.)

8.1. ¿Puedes contestar las siguientes preguntas? El resultado será satisfactorio si contestas correctamente alrededor del 75 por 100 de los interrogantes. Al terminar consulta el libro para completar las respuestas.

- ¿Cuánto tiempo ha transcurrido desde que se desarrolló a orillas del Nilo una de las civilizaciones más ricas y avanzadas del mundo?

....

- Cita algunos títulos de libros que recogen estudios sobre la civilización egipcia.

....

....

- ¿Qué es el Nilo Rojo? ¿Por qué se le llama así?

....

....

- ¿Qué significaba el Nilo Rojo en tiempos de los faraones?

....

....

- ¿A qué distancia se encuentra Luxor del Valle de los Reyes?

....

- ¿Qué explicación científica tienen las «voces» de los Colosos de Memnón?

....

- ¿Cuál era el símbolo de la inmortalidad en Egipto?

....

8.2. De forma muy breve –un resumen–, explica qué aspectos nuevos sobre la cultura egipcia has descubierto gracias a la lectura de este libro.

9. Los protagonistas

Ya te habrás dado cuenta de que en el libro aparecen cinco protagonistas: Carlos Manuel, Antonio, el viejo Haken, Gaad y Nut. Los demás son personajes (la madre de Nut, el intérprete, el padre de Gaad, etc.). No confundas a los protagonistas, que son los que llevan a cabo las acciones fundamentales, con los personajes que, ocasionalmente, puedan acompañarles. Acostúmbrate, pues, a llamar a unos y a otros con *precisión.* La precisión es una *cualidad* del lenguaje, lo mismo que la *claridad,* y debes tenerlas en cuenta.

Con los protagonistas de un libro interesa realizar dos tareas, entre otras: *identificarlos* y *calificarlos,* es decir, determinar cuántos son –ya te hemos indicado que en este caso se trata de cinco– e indicar cómo son.

Para conseguirlo plenamente es necesario que cuando leas te fijes y tomes nota de cualquier dato que se refiera a los protagonistas: años que tienen, lenguaje que utilizan, amigos con los que se relacionan, intereses, valores que encarnan, cómo se visten... Todo interesa. No olvides que a los protagonistas los va definiendo el autor. Aunque algunos, en ocasiones, se escapan de la pluma de los escritores...

Fíjate en algunos rasgos que configuran la personalidad de Gaad: *«Era justo lo que* (Nut) *necesitaba: un muchacho serio, fuerte, trabajador, dispuesto a colaborar con ella si la idea le parecía interesante, sin importarle si era varón o hembra el que se la propusiera.»*

Y en otra ocasión:

«Gaad el nubio, el orgulloso descendiente de un pueblo nómada, libre...»

Más adelante la autora nos lo presenta así:

«Gaad es serio, callado, misterioso, ¡un verdadero hombre del desierto!, pero amable, honrado, leal, bueno, incapaz de doblez.»

9.1. Completa con otros datos que aparecen en el libro cómo es Gaad y qué opinión te merece como protagonista.

....

....

....

....

9.2. El abuelo, el viejo Haken, nos parece un magnífico protagonista: por la forma en que defiende –arropa– a su familia, por sus ideas (a pesar de las pocas oportunidades que la vida le ha ofrecido para formarse), etc.

Reúne más datos sobre el viejo Haken, escríbelos y redacta un juicio acerca de él:

Datos ....

....

....

....

Juicio ....

....

....

....

9.3. Antonio y Carlos Manuel son generosos, atrevidos, audaces, valientes... Y Nut es una protagonista inteligente, despierta, emprendedora, con afán de perfeccionarse y prepararse para la vida...

Completa la forma de ser de los protagonistas:

Antonio ....

....

....

Nut ....

....

....

Carlos Manuel ....

....

....

9.4. Otra faceta que debes tener en cuenta en relación con los protagonistas es cómo son al principio cuando aparecen en el relato –qué piensan, qué desean, qué les gusta...– y cómo son cuando acaban su aventura. Es decir: en qué han cambiado, qué transformación han sufrido, si es que realmente las ha habido, etc.

En tu opinión, ¿cuál de los cinco protagonistas ha experimentado un cambio mayor? Justifica la respuesta.

....

9.5. Finalmente, ahora que conoces ya a todos los protagonistas, ¿cuál te gusta más y por qué?

....

....

9.6. Elige también a tu personaje favorito y señala las razones de tu elección.

....

....

9.7. Si tuvieras que definir a cada protagonista mediante un solo adjetivo, ¿cuál elegirías para cada uno? Indícalo.

....

....

....

10. La fantasía y la realidad: una primero, otra después, o las dos al mismo tiempo

10.1. Carlos Manuel pregunta a Antonio:

«¿No te gusta la fantasía?»

Nosotros te trasladamos la pregunta: ¿Te gusta la fantasía? ¿Prefieres, por ejemplo, leer un libro real o un libro fantástico? ¿Es necesaria la fantasía en la vida de las personas? ¿Qué valor concedes a los hechos reales y a los hechos fantásticos?

10.2. Elabora una relación de cinco hechos o acontecimientos reales y de otros cinco fantásticos.

Reales ....

....

Fantásticos ....

....

10.3. Selecciona, de la relación anterior, un hecho real y otro fantástico. Suponiendo que los dos hechos hubieran mantenido un largo debate en el que cada cual defiende su propia naturaleza, es decir, se defiende a sí mismo, redacta una frase final que pronunciaría cada uno. Sus frases –que expresan una opinión– deben comenzar así:

Yo soy la realidad y ....

....

Yo soy la fantasía y ....

....

10.4. Imagina que aparece un tercer protagonista en escena y pronuncia con gran solemnidad:

Yo soy la vida. Y la vida ....

10.5. En el libro de Montserrat del Amo, ¿a qué se concede mayor «espacio»: a la realidad o a la fantasía? Justifica tu respuesta.

11. Dos frases para comentar

11.1. Comenta brevemente lo que te sugieren estas dos frases:

«Los nubios no piden limosna –responde Haken, orgulloso–. Nos quitaron el desierto y las palmeras, pero no podrán convertirnos en mendigos.»

....

....

....

....

....

....

«Ante Gaad y Nut se abre el futuro, largo y misterioso. Como el Nilo.» (Presta especial atención a las palabras *largo* y *misterioso.)*

....

....

....

....

....

....

12. Una frase para tu fichero particular

12.1. Te recomendamos vivamente que recojas y selecciones de cada libro que leas la frase o las frases que consideres de interés, ya por las ideas o pensamientos que expresan, ya por su contenido poético... o porque simplemente te gustan. Ya sabes: te lo recomendamos vivamente. ¡No te arrepentirás!

Nosotros te sugerimos la siguiente, pero no te limites a ella y deja crecer tu fichero particular:

«Se sentó a descansar junto a unas ruinas de su fatiga nueva de caminante...» (Esto nos cuenta Montserrat del Amo sobre el abuelo Haken. Ahora ya habrás adivinado cuál es el protagonista que más nos gusta.)

Frases que consideras de interés: ....

....

....

....

13. Casi todos los libros merecen que se hable sobre su lenguaje; unos más que otros, pero casi todos merecen...

13.1. Redacta con otras palabras la idea siguiente: «La lectura de un libro representa una ocasión inmejorable para enriquecer el vocabulario.»

....

....

13.2. Hemos seleccionado una relación numerosa de palabras que aparecen en *El abrazo del Nilo* y consultado a dos alumnos de ESO sobre su significado. Desconocían las siguientes:

Rabiones, palista, linimento, bártulos, acuciar, humorada, proeza, vitrina, abigarrado, membrete, auspicios, visajes, estentóreo, falúa, anegar, nubio, piastras, bakchiks, *albarda, muecín, minarete, zalema, oquedad, totora, fez.*

Busca en el diccionario las palabras de la relación anterior que desconozcas y escribe su significado.

....

....

....

....

....

13.3. De los términos que has consultado en el diccionario, selecciona cinco y defínelos correctamente utilizando tus palabras.

....

....

....

....

....

13.4. En la actividad 13.2 hay algunas palabras que pertenecen a la cultura árabe. Selecciónalas y escribe su significado.

....

....

....

13.5. Recuerda este diálogo que mantienen Antonio y Carlos Manuel:

«—¿Nefertiti? Ya la conozco. Me la presentaste en Abu Simbel.
—Era otra. Se llamaba Nefertari.
—Nefer-Nefer... ¿Eran de la misma familia?
—¡No! Nefer no es un apellido, sino el comparativo absoluto egipcio, que quiere decir "la más...", "la que mejor...". Nefertari es "la que mejor camina". Nefertiti, "la más bella".»

Más adelante te has encontrado con el término «neferimportante», inventado por la autora.

Cuando un escritor inventa palabras o juega con ellas es porque las ama, porque ama su idioma y por eso desea enriquecerlo.

Utilizando el comparativo absoluto egipcio Nefer, ¿cómo llamarías a una mujer que canta muy bien, a otra que escribe mejor que canta y a una tercera que siempre se encuentra dispuesta para ayudar a los demás? ¿Por qué?

....

13.6. ¿Y cómo llamarías, también usando la misma palabra, a un compañero de clase o a un amigo que cuida las plantas como nadie y a otro a quien le gusta la lectura y lee pero que muy requetebién?

....

....

....

13.7. ¿Quién sería, por ejemplo, un hombre al que todo el mundo llamase Nerferfabularis? ¿Puedes describirlo?

....

....

....

....

13.8. Escribe un cuento breve sobre este título: *El país de Nefer.* (Si no te cabe aquí, acábalo en un cuaderno o en unos folios.) ¡Ah!, podrías comenzarlo al estilo de los cuentos tradicionales:

Había una vez un país...

....

....

....

14. Atención a las palabras con dificultad ortográfica

14.1. Además de enriquecer el vocabulario, la lectura de un libro te ayuda a evitar errores ortográficos si te fijas en cómo se escriben algunas palabras difíciles. Observa las siguientes: «hierba» (también es correcto escribir «yerba»), «cabalgadura», «hondonada», «vaho», «albarda», «debatir», «emerger...». Deletrea las palabras anteriores y escribe una frase con cada una de ellas.

....

....

....

....

....

14.2. ¡Cuidado! Fíjate en estas dos palabras para no confundirlas: «avanzar» y «abalanzar».

Búscalas en el diccionario y escribe su significado:

....

....

....

....

15. Figuras estilísticas

15.1. Naturalmente, constituye una preocupación para los autores presentar los hechos de un libro, los acontecimientos, las aventuras, etc., de la forma más bella posible. Para ello deben cuidar el lenguaje –y Montserrat del Amo es una autora que así lo hace–. Pero, además, recurren con frecuencia a los recursos que el idioma les ofrece con el fin, como te decíamos hace un momento, de crear belleza.

Observa cómo nos muestra la autora la imagen de un vendedor de objetos turísticos que guarda bajo sus vestidos:

«Es un inagotable almacén de mercancías.»

Y un barco grande:

«Hotel flotante para turistas.»

Algunas ramas de las palmeras que han sido invadidas por las aguas:

«... parecían manos agitándose...»

Explica qué recurso ha utilizado la autora en los ejemplos que te mostramos y en qué consiste.

....

....

....

....

....

15.2. Hazlo ahora sobre algo que te llame la atención.

....

....

....

16. Leer para escribir

La lectura debe servirte también como motivo de inspiración, como aliciente para que tú mismo cuentes algo para otros. Y además te ayudará para que lo hagas de una forma creativa, cada vez más original.

16.1. Escribe una carta al abuelo Haken. Si te parece, puedes comenzarla así:

Lugar, fecha...

«Estimado señor:

He tenido la oportunidad de conocerle a través de las páginas del libro que ha escrito la autora española Montserrat del Amo. La verdad es que me llamó mucho la atención cuando, antes de conocerle verdaderamente, terminó usted propinando un puntapié a su querido nieto Gaad para que se despertase...»

(Para escribir la carta debes tener en cuenta los datos que conoces sobre la vida del abuelo.)

(Puedes mandarla a Editorial Bruño.
C/ Maestro Alonso, 21. 28028 Madrid.)

16.2. En el capítulo titulado «El viejo Haken» se encuentra la descripción de su vivienda. Léela detenidamente. Después describe, por contraste, el salón de un lujoso hotel o el de un castillo.

....

....

....

....

....

....

17. Soy más rico. Eres más rico

17.1. ¡Claro que eres más rico después de haber leído un libro! Por eso es hora de que expreses, de forma resumida, todo lo que has descubierto gracias a la lectura de *El abrazo del Nilo,* de excelente título, por cierto.

....

....

....

....

....

Índice

Series *de la colección* alta mar

Aventuras

Ciencia Ficción

Cuentos

Humor

Misterio

Novela Histórica

Novela Realista

Poesía

Teatro

Títulos publicados

1. *Carmen CONDE.* **Despertar** (P)
2. *Montserrat del AMO.* **El abrazo del Nilo** (A)
3. *Fernando ALMENA.* **Los pieles rojas no quieren hacer el indio** (T)
4. *Ángela C. IONESCU.* **«Déjame solo, Joe»** (C)
5. *Gianni PADOAN.* **Concierto de libertad** (NH)
6. *Juan FARIAS.* **Los apuros de un dibujante de historietas** (H)
7. *Carlos MURCIANO.* **La rana mundana** (P)
8. *Juan MUÑOZ.* **Las tres piedras y otros cuentos** (C)
9. *Juana Aurora MAYORAL.* **La cueva de la Luna** (CF)
10. *Sauro MARIANELLI.* **Una historia en la Historia** (NH)
11. *Pilar MOLINA LLORENTE.* **Aura gris** (NH)
12. *Jean GUILLORÉ.* **El viaje de Nicolás** (A)
13. *Samuel BOLÍN.* **Los casos del comisario Antonino** (M)
14. *Ronimund H. VON BISSING.* **La Tierra del Oro Ardiente** (A)
15. *Elvira MENÉNDEZ.* **La máquina maravillosa** (CF)
16. *Jules ROMAINS.* **Knock o El triunfo de la medicina** (T)
17. *Fernando ALMENA.* **Marcelo Crecepelos** (H)
18. *Juan MUÑOZ.* **El feo, el bobo y el malo** (C)
19. *Blanca GARCÍA-VALDECASAS.* **Los chicos de La Maraña** (A)
20. *Gloria FUERTES.* **La poesía no es un cuento** (P)
21. *Juana Aurora MAYORAL.* **Enigma en el Curi-Cancha** (NH)
22. *Alan C. McLEAN.* **El fantasma del valle** (A)
23. *Fernando G. TEJADA.* **Noche de luna con gatos** (T)
24. *Emilio SANJUÁN.* **Simón, Simón** (H)
25. *Jacques FUTRELLE.* **La Máquina Pensante** (M)
26. *José Luis VELASCO.* **El Océano Galáctico** (CF)
27. *Gabriel JANER MANILA.* **Cuentos para los que duermen con un ojo abierto** (C)
28. *Manfred LIMMROTH.* **El pequeño Otto ha desaparecido** (H)
29. *Hilda PERERA.* **Mumú** (A)
30. *Alfredo GÓMEZ CERDÁ.* **Luisón** (C)
31. *Christopher KNOCK.* **Edgar Wallace y el caso Software** (M)
32. *Antonio-Manuel FABREGAT.* **Los cuentos de mi escuela** (C)
33. *Fernando LALANA.* **Edelmiro II y el dragón Gutiérrez** (T)
34. *Avelino HERNÁNDEZ.* **1943** (NH)
35. *François GOUDET.* **Marieta y los vikingos** (M)
36. *Braulio LLAMERO.* **El inspector Tigrili** (H)
37. *Miguel Ángel MENDO.* **Vacaciones en la cocina** (C)
38. *Ángela C. IONESCU.* **El país de las cosas perdidas** (C)
39. *Concha LÓPEZ NARVÁEZ.* **El tiempo y la promesa** (NH)
40. *Mathias DUNANT.* **El monstruo de Jarama** (CF)
41. *Fernando LALANA y J. M.ª ALMÁRCEGUI.* **La bomba** (H)
42. *José Francisco VISO.* **Don Caracol Detective** (M)
43. *Fernando ALMENA.* **El cisne negro** (T)
44. *Hazel TOWNSON.* **Los embrollos de Beny** (H)
45. *Alfredo GÓMEZ CERDÁ.* **El laberinto de piedra** (A)
46. *Ángela C. IONESCU.* **Los amigos** (M)
47. *G. BEYERLEIN y H. LORENZ.* **El sol no se detiene** (NH)
48. *Lucila MATAIX.* **El calcetín del revés** (C)

49. *Montserrat del AMO.* **¡Siempre toca!** (T)
50. *F. ALMENA, M. del AMO, J. FARIAS, J. M. GISBERT, A. GÓMEZ CERDÁ, G. JANER MANILA, C. KURTZ, F. LALANA, C. LÓPEZ NARVÁEZ, J. A. MAYORAL, P. MOLINA LLORENTE, J. MUÑOZ, C. MURCIANO, J. L. OLAIZOLA y M. PUNCEL.* **Compañero de sueños** (C)
51. *Enrique PÁEZ.* **Devuélveme el anillo, pelo cepillo** (M)
52. *José GONZÁLEZ TORICES.* **Tengo mucho cuento** (C)
53. *Juana Aurora MAYORAL.* **Lirios de agua para una diosa** (NH)
54. *Esteban BUÑUEL.* **Quiero ser astronauta** (P)
55. *Raúl JIMÉNEZ.* **Aldurabahim** (A)
56. *Carlos MURCIANO.* **Las amapolas se han vuelto blancas de repente** (CF)
57. *Samuel BOLÍN.* **Nuevos casos del comisario Antonino** (M)
58. *Juan MUÑOZ.* **Ciprianus, gladiador romanus** (H)
59. *Achim BRÖGER.* **Mi 24 de diciembre** (H)
60. *Michel VINAVER.* **Las travesuras de Rosalía** (A)
61. *Fernando ALMENA.* **El pavo Facundo** (H)
62. *Concha LÓPEZ NARVÁEZ y Carmelo SALMERÓN.* **El parasubidas** (A)
63. *Francisco DÍAZ GUERRA.* **El alfabeto de las 221 puertas** (A)
64. *Eduardo GALÁN.* **La silla voladora** (T)
65. *Alfredo GÓMEZ CERDÁ.* **La gota de lluvia** (C)
66. *Elvira MENÉNDEZ.* **Ése no es mi zoo** (H)
67. *Manuel L. ALONSO.* **Los aventureros** (A)
68. *Braulio LLAMERO.* **El rey Simplón** (H)
69. *Fernando ALMENA.* **El misterio indescifrable** (CF)
70. *M. Dolors ALIBÉS.* **Superfantasmas en un supermercado** (H)
71. *Ana María ROMERO YEBRA.* **La vaca de Dosinda** (P)
72. *Carmen VÁZQUEZ VIGO.* **¡Cumpleaños feliz!** (C)
73. *Mercè COMPANY.* **Los dientes del león** (A)
74. *Hansjörg MARTIN.* **No hay sitio para Tarzán** (H)
75. *Juana Aurora MAYORAL.* **Tres monedas de un penique** (M)
76. *Juan MUÑOZ.* **El diplodoco Carioco** (H)
77. *Consuelo ARMIJO.* **Guiñapo y Pelaplátanos** (T)
78. *Montserrat del AMO.* **Patio de corredor** (NR)
79. *Enrique PÁEZ.* **El Club del Camaleón** (M)
80. *Joan Manuel GISBERT.* **El enigma de la muchacha dormida** (A)
81. *Juan FARIAS.* **La infancia de Martín Piñeiro** (NR)
82. *Charles VILDRAC.* **Las gafas del león** (C)
83. *Javier REQUERO.* **El Príncipe Negro** (A)
84. *Concha LÓPEZ NARVÁEZ.* **La tejedora de la muerte** (M)
85. *Christine NÖSTLINGER.* **Chachi** (A)
86. *Marta OSORIO.* **El pavo real** (C)
87. *José María MENDIOLA.* **El castillo de Lora** (M)
88. *Juan Ignacio HERRERA.* **En la cumbre de un tepuy** (A)
89. *Ángel ESTEBAN.* **Háblame del sol** (C)
90. *Carles CANO.* **¡Te pillé, Caperucita!** (T)
91. *Rafael ESTRADA.* **El comisario Olegario** (M)
92. *Jean-François NORCY.* **Buldo** (A)
93. *Lucila MATAIX.* **Un gigante en el bolsillo** (C)
94. *Elvira MENÉNDEZ.* **MNA** (A)
95. *Eduardo GALÁN.* **¡SOS, salvad al ratoncito Pérez!** (C)

96. *Nina* WARNER. **La luna en el agua** (A)
97. *Trini* LEÓN. **La estirpe del Cóndor Blanco** (A)
98. *Jacqueline* CERVON. **Selim, el vendedor de alegría** (A)
99. *Seve* CALLEJA. **Dos hámsters en una jaula** (C)
100. *Montserrat del* AMO. **El bambú resiste la riada** (NR)
101. *Juan Alfonso* GIL ALBORS. **Patatín, Patatán, Patatón** (T)
102. *José Luis* VELASCO. **24 horas para un rescate** (M)
103. *José* ZAFRA. **Historias de Sergio** (C)
104. *Concha* LÓPEZ NARVÁEZ. **Nieve de julio** (C)
105. *Paul van* LOON. **Sam, la superdetective** (M)
106. *Emilio* SANJUÁN. **Carlos Baza, «Calabaza»** (H)
107. *Carmen* MORALES. **Bigote blanco-Bigote negro** (C)
108. *Elvira* MENÉNDEZ. **Olock-Lolo** (CF)
109. *José Luis* OLAIZOLA. **El cazador urbano** (NR)
110. *Marina* SEOANE. **¿Dónde están mis dibujos?** (C)
111. *Emilio* SANJUÁN. **Las vacaciones de Simón, Simón** (H)
112. *Montserrat del* AMO. **Mao Tiang *Pelos Tiesos*** (C)
113. *Pablo* ZAPATA *y Juan Luis* URMENETA. **El cocodrilo Juanorro** (A)
114. *Alice* VIEIRA. **Portal 12, 2.° centro** (NR)
115. *Jordi* VIVES. **El coleccionista de estrellas** (A)
116. *Gianni* PADOAN. **La manada del escaramujo** (NR)
117. *José Antonio* PEROZO. **Cuentos mágicos** (C)
118. *Alfredo* GÓMEZ CERDÁ. **Papá y mamá son invisibles** (C)
119. *Enric* LLUCH. **Potosnáguel** (A)
120. *Trini* LEÓN. **Un amigo por un par de tomates** (NR)
121. *Gabriela* KESELMAN. **Papá se casó con una bruja** (C)
122. *Manuel L.* ALONSO. **Arturo ♥ Verónica** (C)
123. *Concha* BLANCO. **¡A mí qué me importa!** (H)
124. *Concha* LÓPEZ NARVÁEZ *y Carmelo* SALMERÓN. **Tomás es distinto a los demás** (C)
125. *Jordi* SIERRA *i* FABRA. **Cabello blanco en cabeza peluda** (H)
126. *Kenneth* IRELAND. **La máscara de hombre-lobo** (M)
127. *Joan de Déu* PRATS. **Un safari en el salón** (H)
128. *Rafael* ESTRADA. **La sonrisa del ogro** (M)
129. *Kara* MAY. **Gato, su bruja y el monstruo** (C)
130. *Rafael* ESTRADA. **El tesoro de Caramujo** (C)
131. *Carlos* ELSEL. **Buscando a Tana la orangutana** (A)
132. *Lucila* MATAIX. **Papá no quiere ser pingüino** (C)
133. *Sheila* OCH. **La verdadera vida** (NR)
134. *Elena* O'CALLAGHAN I DUCH. **Un cumpleaños especial** (C)
135. *Luisa* VILLAR LIÉBANA. **Misi-Mus ha desaparecido** (M)
136. *Miguel Ángel* MENDO. **Mi abuela la bruja** (C)
137. *Pilar* LÓPEZ BERNUÉS. **El secreto del caserón abandonado** (M)
138. *Elvira* MENÉNDEZ *y José María* ÁLVAREZ. **Caos en el súper** (H)
139. *Manuel L.* ALONSO. **Te regalo a mi hermano** (A)
140. KNISTER. **Willy, la mosca** (H)
141. *César* FERNÁNDEZ. **Bárbara y el misterio de Ariadna** (M)
142. *Jill* RUBALCABA. **Un lugar en el sol** (NH)
143. *María Teresa* ARETZAGA. **¡Otra vez a Carabás!** (C)
144. *Elvira* MENÉNDEZ *y José María* ÁLVAREZ. **Caos en la boda** (H)
145. *M.ª Carmen de la* BANDERA. **El héroe y la traición** (NH)